鎌倉猫《かまくらねこ》ヶ《が》丘小《おかしょう》ミステリー倶楽部《クラブ》

澤田慎梧《さわだしんご》・作

のえる・絵

アルファポリスきずな文庫

Contents

人物紹介《じんぶつしょうかい》

Character introduction

綾里《あやさと》 心《こころ》

幼《おさな》い頃《ころ》からお化《ば》けが視《み》えている小学五年《しょうがくごねん》生《せい》。視《み》えないふりをしていたけれど、トイレの花子《はなこ》さんと目《め》が合《あ》ってしまった。

八重垣《やえがき》孔雀《くじゃく》

お化《ば》けは視《み》えないが、はったりとへりくつで超常現象《ちょうじょうげんしょう》を〝表向《おもてむ》き〟解決《かいけつ》する、ミステリー倶楽部《クラブ》の部長《ぶちょう》。ひばりの双子《ふたご》の兄《あに》。

八重垣《やえがき》ひばり

お化《ば》けを視《み》て、祓《はら》うことができる孔雀《くじゃく》の妹《いもうと》。美少女《びしょうじょ》なので学校《がっこう》の有《ゆう》名人《めいじん》。

クロウさん

いつもひばりのそばにいる猫《ねこ》。実《じつ》は猫又《ねこまた》で……？

プロローグ　学校《がっこう》の怖《こわ》いうわさ

みんなは、「学校《がっこう》の怖《こわ》いうわさ」を聞《き》いたことがあるかな？

誰《だれ》もいないはずの音楽室《おんがくしつ》から、ピアノの音《おと》が聞《き》こえてきたり。

図画工作室《ずがこうさくしつ》に置《お》いてある石《せっ》こう像《ぞう》が、夜中《よなか》に宙《ちゅう》を舞《ま》っていたり。

理科室《りかしつ》の人体模型《じんたいもけい》が、陽気《ようき》なダンスを踊《おど》っていたり。

学校《がっこう》によっては怖《こわ》いうわさがたくさんあって、「学校《がっこう》の七不思議《ななふしぎ》」なんてものもあるんだとか！

そんな「学校《がっこう》の怖《こわ》いうわさ」のほとんどは、「お化《ば》け」や「妖怪《ようかい》」のせいだって言《い》われてるみたい。

誰《だれ》もいない音楽室《おんがくしつ》でピアノを弾《ひ》いているのは透明人間《とうめいにんげん》。
石《せっ》こう像《ぞう》を動《うご》かしているのは空飛《そらと》ぶお化《ば》け。
人体模型《じんたいもけい》は、実《じつ》はダンスが大好《だいす》きな妖怪《ようかい》などなど……

でもでも、お化《ば》けや妖怪《ようかい》なんてもの、本当《ほんとう》にいるのかな？
ふしぎに思《おも》える「学校《がっこう》の怖《こわ》いうわさ」にも、実《じつ》は本当《ほんとう》の原因《げんいん》があるんじゃ？
誰《だれ》かのイタズラだったり、見《み》まちがいだったりする可能性《かのうせい》は？

そんな疑問《ぎもん》を持《も》ったなら、「鎌倉猫ヶ丘小学校《かまくらねこがおかしょうがっこう》ミステリー倶楽部《クラブ》」へ相談《そうだん》に来《き》てね！
名探偵《めいたんてい》な部長《ぶちょう》が「学校《がっこう》の怖《こわ》いうわさ」の本当《ほんとう》の原因《げんいん》を、ピタリと当《あ》ててくれると評判《ひょうばん》だよ。

――くれぐれも、**本物《ほんもの》の妖怪《ようかい》やお化《ば》けが出《で》る前《まえ》に**相談《そうだん》してね。

えっ？「ミステリー倶楽部《クラブ》」ってどんな部活《ぶかつ》かって？
そうだよね、ふつうの学校《がっこう》にはないもんね。
実《じつ》はね、ミステリー倶楽部《クラブ》はわたしたちが作《つく》った部活《ぶかつ》なんだ！
きっかけはそう、ある「学校《がっこう》の怖《こわ》いうわさ」だったの――

第一話《だいいちわ》　トイレには花子《はなこ》さんがいるらしい

一《いち》．綾里心《あやさとこころ》にはお化《ば》けが見《み》えた

まずは自己紹介《じこしょうかい》。わたしの名前《なまえ》は綾里心《あやさとこころ》、鎌倉猫ヶ丘小学校《かまくらねこがおかしょうがっこう》の五年生《ごねんせい》！

生《う》まれも育《そだ》ちも神奈川県《かながわけん》の鎌倉市《かまくらし》！

「鎌倉《かまくら》」って聞《き》くと、ふつうはどんなイメージを思《おも》い浮《う》かべるのかな？

鎌倉幕府《かまくらばくふ》？　大仏《だいぶつ》さま？　海水浴場《かいすいよくじょう》？　古《ふる》いお寺《てら》や神社《じんじゃ》？　もちろん、どれも正解《せいかい》。

でも、鎌倉猫《かまくらねこ》ヶ《が》丘小学校《おかしょうがっこう》の近《ちか》くに大仏《だいぶつ》さまはないし、周《まわ》りに古《ふる》いお寺《てら》や神社《じんじゃ》もあまり多《おお》くない。

観光地《かんこうち》からも海《うみ》からもちょっと離《はな》れてて、山《やま》に囲《かこ》まれたふつうの住宅地《じゅうたくち》って感《かん》じ。

モノレールっていう、レールの下《した》をぶら下《さ》がって走《はし》るめずらしい電車《でんしゃ》が通《とお》ってるけど、観光《かんこう》客《きゃく》は少《すく》ない。

だから、なんだかみんなのんびりしてる。わたしもそう。
鎌倉駅《かまくらえき》の近《ちか》くと比《くら》べると、お店《みせ》も人《ひと》も少《すく》なくてちょっと不便《ふべん》だけど、わたしは好《す》き。

でも、小《ちい》さい頃《ころ》にはちょっと困《こま》ったこともあったりした。
そこら中《じゅう》にね、たくさんいたんだ。
――お化《ば》けが。

＊＊＊

幼稚園《ようちえん》に上《あ》がる少《すこ》し前《まえ》くらい。わたしは、あることに気付《きづ》いた。
「どうも自分《じぶん》は、他《ほか》の人《ひと》には見《み》えないモノが見《み》えるらしい」って。
「他《ほか》の人《ひと》には見《み》えないモノ」――そう、「お化《ば》け」が見《み》えていた。
刀《かたな》を持《も》ったおサムライさん。
頭《あたま》から血《ち》を流《なが》している髪《かみ》の長《なが》い女《おんな》の人《ひと》。
空中《くうちゅう》にふよふよと浮《う》かんでいる赤《あか》ちゃん。

他《ほか》にも、たくさんのお化《ば》けが見《み》えてた。

でも、お父《とう》さんもお母《かあ》さんも、おじいちゃんもおばあちゃんも、信《しん》じてはくれなかった。いつも「心《こころ》は空想《くうそう》好《ず》きなんだね」って、笑《わら》い話《ばなし》にされちゃった。

わたしは、それがとってもとってもイヤだった。


それで、幼稚園《ようちえん》に上《あ》がった頃《ころ》、こう思《おも》った。

(どうして、だれもしんじてくれないんだろう？　おばけをつかまえれば、しんじてもらえるかな？)

お化《ば》けを捕《つか》まえれば、みんな信《しん》じてくれると思《おも》ったんだ。

でも、どうやって捕《つか》まえればいいのかなんて全然《ぜんぜん》わからないから、とりあえず虫取《むしと》り網《あみ》だけ持《も》って、家《いえ》を抜《ぬ》け出《だ》した。

もちろん、お父《とう》さんにもお母《かあ》さんにもナイショ。それで、近所《きんじょ》にあったお墓《はか》がたくさん並《なら》んでいるうす暗《ぐら》いところに行《い》ってみた。いかにもお化《ば》けが出《で》そうだと思《おも》ったから。

そもそも、虫取《むしと》り網《あみ》でお化《ば》けが捕《つか》まえられたら苦労《くろう》しないのにね。それがわからないくらい、わたしは小《ち》っちゃかった。

お墓《はか》に着《つ》いて辺《あた》りを見回《みまわ》すと……さっそくいた！

たくさんあるお墓《はか》の中《なか》でも、とびきり古《ふる》い墓石《はかいし》の前《まえ》に、体《からだ》が透《す》けて見《み》えるおじいさんが座《すわ》っていた。これ以上《いじょう》ないくらい「お化《ば》け」って感《かん》じ。

それでわたしは、お化《ば》けを捕《つか》まえてやろうと、抜《ぬ》き足《あし》、差《さ》し足《あし》、忍《しの》び足《あし》で近付《ちかづ》いたんだけど

「――ああ、心《こころ》ちゃん。こんなところにいたんだね」

突然《とつぜん》、背中《せなか》から声《こえ》をかけられて、それはもうびっくりして飛《と》び上《あ》がっちゃった！

おそるおそる振《ふ》り返《かえ》ってみると、そこにいたのは近所《きんじょ》に住《す》んでるお兄《にい》さんだった。髪《かみ》が長《なが》くて、幽霊《ゆうれい》みたいに肌《はだ》が白《しろ》くて、当時《とうじ》のわたしは「あやしいおにいさん」って思《おも》ってた。

そんな人《ひと》が立《た》ってたものだから、二度《にど》びっくりした。

「お父《とう》さんとお母《かあ》さんが心配《しんぱい》してるよ？　今《いま》、心《こころ》ちゃんのおうちに電話《でんわ》するから、ここで一緒《いっしょ》に待《ま》っていようね」

そう言《い》って、お兄《にい》さんは携帯電話《けいたいでんわ》でわたしの家《いえ》に連絡《れんらく》し始《はじ》めた。わたしはお化《ば》けを捕《つか》まえる気《き》マンマンだったから、ちょっと不機嫌《ふきげん》になった。

でも――

「心《こころ》ちゃん。ほら、お空《そら》を見《み》てごらん？」

お兄《にい》さんがとっても優《やさ》しい声《こえ》でそんなことを言《い》ったので、ついつい言《い》うとおりに空《そら》を見上《みあ》げてみた。

けれども、そこには青《あお》い空《そら》と白《しろ》い雲《くも》があるだけで、特別《とくべつ》おもしろいものはなかった。

「おにいさんは、なにをみせようとしたんだろう？」とふしぎに思《おも》った、その時《とき》。お兄《にい》さんが、わたしにしか聞《き》こえないような小《ちい》さな小《ちい》さな声《こえ》で、こんなことを言《い》った。

「――そのまま、絶対《ぜったい》にお墓《はか》の方《ほう》を見《み》ては駄目《だめ》だよ。お墓《はか》の前《まえ》にいる『アレ』と目《め》を合《あ》わせたら、家《いえ》までついてきちゃうから」

今度《こんど》こそ、わたしはびっくりしちゃった！

どうやらお兄《にい》さんにも、お墓《はか》の前《まえ》にいるおじいさんのお化《ば》けが見《み》えてたみたい。

お兄《にい》さんは自分《じぶん》も空《そら》を見上《みあ》げたまま、ひそひそとこんなことを言《い》ってきた。

「いいかい？　心《こころ》ちゃん。心《こころ》ちゃんにだけ見《み》えて他《ほか》の人《ひと》に見《み》えないものは、けっして目《め》で追《お》ってはいけないよ。じぃっと見《み》つめたり、目《め》を合《あ》わせたりしたら、向《む》こうも心《こころ》ちゃんのことが見《み》えるようになっちゃうから。幻《まぼろし》だと思《おも》って、無視《むし》するんだ。――じゃないと、うん。とっても危《あぶ》ないんだ。心《こころ》ちゃんの家族《かぞく》にも、悪《わる》いことが起《お》こるかもしれない。見《み》ないように気《き》を付《つ》けていたら、いつかは見《み》えなくなるからね」

そのお兄《にい》さんの言葉《ことば》を、今《いま》でもよく覚《おぼ》えてる。

お兄《にい》さんとは、それっきりほとんど話《はな》さなくなったけど、わたしはお兄《にい》さんの言葉《ことば》を信《しん》じて「お化《ば》け」が見《み》えても「見《み》えていない」ふりをするようになった。

そしたら、お兄《にい》さんの言《い》う通《とお》り、お化《ば》けがだんだんうっすらとしか見《み》えなくなっていったからびっくり！

小学校《しょうがっこう》に上《あ》がる頃《ころ》には、「なんだかもやっとした影《かげ》」くらいにしか見《み》えなくなった。

——そのまま、わたしは小学五年生《しょうがくごねんせい》になって、お化《ば》けのことをほとんど気《き》にしなくなっていた。

でも、それがいけなかったんだと思《おも》う。すっかり油断《ゆだん》していたんだ。

わたしは、ある日《ひ》、あるお化《ば》けと目《め》を合《あ》わせてしまうことになった。

そのお化《ば》けの名前《なまえ》は、「トイレの花子《はなこ》さん」。

二《に》、トイレの花子《はなこ》さん

「トイレの花子《はなこ》さん」は、とても有名《ゆうめい》なお化《ば》け――「学校《がっこう》の怪談《かいだん》」の一《ひと》つだと思《おも》う。

女子《じょし》トイレの個室《こしつ》をノックして「花子《はなこ》さん、いますか？」と呼《よ》びかけると、花子《はなこ》さんに会《あ》える……というもの。

花子《はなこ》さんに会《あ》ってしまうと、そのままトイレの中《なか》に引《ひ》きずり込《こ》まれて帰《かえ》れなくなる、とも言《い》われてる、とても怖《こわ》いお化《ば》け。

この「トイレの花子《はなこ》さん」の怪談《かいだん》は、学校《がっこう》によって伝《つた》わっている話《はなし》が少《すこ》しずつちがうらしい。

ある学校《がっこう》では、「三階《さんかい》の女子《じょし》トイレの三番目《さんばんめ》の個室《こしつ》をノックすると、花子《はなこ》さんに出会《であ》ってしまう」という話《はなし》が伝《つた》わっていて、トイレの場所《ばしょ》が決《き》まっているんだとか。

さらに別《べつ》の学校《がっこう》では、「トイレで花子《はなこ》さんの名前《なまえ》を呼《よ》んで、三秒以内《さんびょういない》にトイレから出《で》ないと追《お》いかけられてしまう」なんて話《はなし》も。

でも、どの花子《はなこ》さんのお話《はなし》にも共通《きょうつう》するものがあるらしい。花子《はなこ》さんの服装《ふくそう》が、だいたい同《おな》じなんだとか。

ほとんどの場合《ばあい》、花子《はなこ》さんは「おかっぱ頭《あたま》で、赤《あか》い吊《つ》りスカートと白《しろ》いシャツを着《き》た女《おんな》の子《こ》」だって言《い》われているみたい。

花子《はなこ》さんと出会《であ》う方法《ほうほう》は学校《がっこう》によってバラバラなのに、花子《はなこ》さんの服装《ふくそう》はどれも同《おな》じように伝《つた》わっている。これって、とってもふしぎなことだと思《おも》う。

それこそ、どこかで誰《だれ》かが「本物《ほんもの》の花子《はなこ》さん」を見《み》たことがあって、それが伝《つた》わったみたいで……なんだか怖《こわ》い。

――わたしが通《かよ》う鎌倉猫ケ丘小学校《かまくらねこがおかしょうがっこう》にも、「トイレの花子《はなこ》さん」の怪談話《かいだんばなし》が伝《つた》わってる。

うちの学校《がっこう》の花子《はなこ》さんの怪談《かいだん》は、ちょっと変《か》わった感《かん》じ。

『放課後《ほうかご》に、三階《さんかい》の女子《じょし》トイレへ一人《ひとり》で入《はい》っていく赤《あか》いスカートの女《おんな》の子《こ》が時々現《ときどきあらわ》れる。けれど、その女《おんな》の子《こ》がトイレから出《で》てくる姿《すがた》を見《み》た人《ひと》は誰《だれ》もいない』

これが、猫ケ丘小学校《ねこがおかしょうがっこう》に伝《つた》わってる「トイレの花子《はなこ》さん」の怪談《かいだん》。他《ほか》の怪談《かいだん》に比《くら》べると、ちょっと風変《ふうが》わりに思《おも》える。それだけ？　って感《かん》じがするよね。

でも、それには理由《りゆう》があったりする。

実《じつ》は、鎌倉猫ケ丘小学校《かまくらねこがおかしょうがっこう》では何年《なんねん》かごとに、「トイレの花子《はなこ》さん」が目撃《もくげき》されてるらしい。

それも決《き》まって、「放課後《ほうかご》に三階《さんかい》の女子《じょし》トイレに赤《あか》いスカートの女《おんな》の子《こ》が入《はい》っていったけど、出《で》てくるところは見《み》なかった」っていう、怪談話《かいだんばなし》そのままの目撃談《もくげきだん》！

わたしも、そのお話《はなし》を五歳年上《ごさいとしうえ》の近所《きんじょ》のお姉《ねえ》さんから聞《き》いて知《し》ってた。なんでも、お姉《ねえ》さんが小学校低学年《しょうがっこうていがくねん》だった時《とき》にも「トイレの花子《はなこ》さん」が現《あらわ》れて、学校中《がっこうじゅう》がパニックになったのだとか。

だから、わたしも小学校《しょうがっこう》に入《はい》ったばかりの頃《ころ》は、「もし花子《はなこ》さんが見《み》えてしまっても、見《み》えないふりをしよう」と気《き》を付《つ》けてた。でも、五年生《ごねんせい》になった頃《ころ》には、お化《ば》けがほとんど見《み》えなくなってたから……すっかり油断《ゆだん》しちゃってた。

——その油断《ゆだん》が、すべてのはじまり。

あれは、梅雨《つゆ》に入《はい》って雨《あめ》が続《つづ》いていた、六月《ろくがつ》のある日《ひ》のこと。

お花係《はながかり》だったわたしは、長雨《ながあめ》で花《か》だんのお花《はな》が病気《びょうき》になっていないかどうか、放課後《ほうかご》に見回《みまわ》りをすることになっていた。しかも、一緒《いっしょ》に係《かかり》をやっていた男子《だんし》がかぜでお休《やす》みしていたから、その日《ひ》は仕方《しかた》なく一人《ひとり》で見回《みまわ》りをしてた。

お気《き》に入《い》りのピンクの傘《かさ》を差《さ》しながら、一《ひと》つ一《ひと》つのお花《はな》が元気《げんき》かどうか、きちんと確認《かくにん》していく。

「うん、あなたは大丈夫《だいじょうぶ》ね。あなたは……ちょっと支《ささ》えがいるかなぁ？　後《あと》で先生《せんせい》に相談《そうだん》してみるね～？」

わたしは花《はな》が大好《だいす》きだったから、一人《ひとり》で見回《みまわ》りするのも全然大変《ぜんぜんたいへん》じゃなかった。花《はな》と会話《かいわ》するように、むしろ楽《たの》しんでやってた。

――そうして、雨《あめ》がしとしとと降《ふ》る中《なか》、わたしはお花係《はながかり》のお仕事《しごと》を終《お》えた。

いつもなら、ランドセルを背負《せお》ったままお花《はな》の見回《みまわ》りをしていたんだけど、雨《あめ》が降《ふ》っているとランドセルがびしょびしょになってしまう。だからその日《ひ》は、ランドセルを教室《きょうしつ》に置《お》きっぱなしだった。

なので、先生《せんせい》への報告《ほうこく》を終《お》えてから、自分《じぶん》の教室《きょうしつ》へランドセルを取《と》りに向《む》かった。

五年生《ごねんせい》の教室《きょうしつ》は三階《さんかい》にあるから、階段《かいだん》を上《のぼ》るのはちょっと大変《たいへん》。

昇降口《しょうこうぐち》でいったん上履《うわば》きに履《は》きかえて、えっちらおっちらとぬれてすべりやすくなった階段《かいだん》を上《のぼ》っていく。

ふだんは階段《かいだん》も廊下《ろうか》も灯《あか》りが点《つ》いているんだけど、放課後《ほうかご》になると節電《せつでん》のために一部《いちぶ》の教室《きょうしつ》を除《のぞ》いて電気《でんき》を消《け》されてしまう。だから、階段《かいだん》はとってもうす暗《ぐら》くて、足元《あしもと》もちょっと見《み》えにくなってた。

（危《あぶ》ないな～。今度《こんど》から先生《せんせい》に頼《たの》んで、電気《でんき》を点《つ》けておいてもらおうかな？）

よく考《かんが》えたら、自分《じぶん》で電気《でんき》を点《つ》ければよかったんだけど、この時《とき》のわたしはなぜか思《おも》いつかなかった。

そんなこんなで、ようやく教室《きょうしつ》に到着《とうちゃく》。

灯《あか》りは点《つ》いていたけど、誰《だれ》の姿《すがた》もない。教室《きょうしつ》の後《うし》ろにあるロッカーには、わたしのピンクのランドセルだけしかなかった。他《ほか》のクラスメイトは、みんな帰《かえ》ったってことになる。

わたしはランドセルを背負《せお》うと、念《ねん》のため教室《きょうしつ》の窓《まど》のカギがちゃんとかかっているか、一《ひと》つ一《ひと》つチェックし始《はじ》めた。

本当《ほんとう》はその日《ひ》の日直《にっちょく》や見回《みまわ》りの先生《せんせい》のお仕事《しごと》なんだけど、前《まえ》に開《あ》けっ放《ぱな》しになっていたことがあったから、念《ねん》のため。

あの時《とき》は日直《にっちょく》の子《こ》が先生《せんせい》からすごく怒《おこ》られて、かわいそうだったんだよね。

ついでに黒板消《こくばんけ》しがきれいになっていることも確認《かくにん》。こちらも問題《もんだい》なし。

灯《あか》りを消《け》して、きちんとドアを閉《し》めて、さあ帰《かえ》ろうと思《おも》った、その時《とき》のことだった。

（あれ？　まだ残《のこ》っている人《ひと》がいたんだ）

教室《きょうしつ》から出《で》て階段《かいだん》の方《ほう》へ向《む》かおうとした時《とき》、廊下《ろうか》に一人《ひとり》の女《おんな》の子《こ》が立《た》っていることに気付《きづ》いた。わたしの方《ほう》に背中《せなか》を向《む》けて、階段《かいだん》のすぐ手前《てまえ》にあるトイレの前《まえ》に立《た》っているみたいだった。

その女《おんな》の子《こ》は今時《いまどき》めずらしいおかっぱ頭《あたま》に赤《あか》い吊《つ》りスカートという格好《かっこう》をしていた。

彼女《かのじょ》はそのまま、わたしに気付《きづ》くことなくトイレに入《はい》っていく。

わたしも特《とく》に女《おんな》の子《こ》のことは気《き》にせず、階段《かいだん》の方《ほう》へ向《む》かって廊下《ろうか》を歩《ある》きだす。

——けれども、トイレの前《まえ》にさしかかった時《とき》に、ちょっとだけ気《き》になって……わたしは、トイレの方《ほう》へ目《め》を向《む》けてしまった。

鎌倉猫ヶ丘小学校《かまくらねこがおかしょうがっこう》のトイレの入《い》り口《ぐち》にはドアがついてない。廊下《ろうか》からのぞきこむと、それぞれの個室《こしつ》や男子《だんし》トイレの便器《べんき》などが、少《すこ》しだけ見《み》えるようになってる。

おまけに男子《だんし》トイレと女子《じょし》トイレの入《い》り口《ぐち》が近《ちか》いから、みんなにはちょっと評判《ひょうばん》の悪《わる》いつくりだった。

——そのつくりのせいで、わたしはまともに見《み》ちゃったんだ。

「それ」は、女子《じょし》トイレの一番奥《いちばんおく》——三番目《さんばんめ》の個室《こしつ》の前《まえ》に立《た》ってた。しかも入口《いりぐち》、つまり廊下《ろうか》にいるわたしの方《ほう》を向《む》いて。

黒《くろ》いおかっぱ頭《あたま》は、よく見《み》るとボサボサ。

白《しろ》いシャツには、ところどころに赤黒《あかぐろ》い汚《よご》れがついている。

赤《あか》い吊《つ》りスカートは、シャツとは反対《はんたい》に汚《よご》れ一《ひと》つなくあざやか。

そして……おかっぱ頭《あたま》の下《した》にある顔《かお》には、真《ま》っ白《しろ》な肌《はだ》の上《うえ》に目《め》と鼻《はな》と口《くち》らしい大《おお》きさのちがう黒《くろ》い丸《まる》が五《いつ》つゆらいでいるだけだった。

明《あき》らかにふつうの人間《にんげん》の顔《かお》じゃない！

——その時《とき》、目《め》の位置《いち》にある黒《くろ》い丸二《まるふた》つとわたしの視線《しせん》とが、カンペキにぶつかった。

（あっ、しまった！）

わたしはすぐに、それが「見《み》てはいけないもの」だと気付《きづ》いて、ゆっくり目《め》をそらした。悲鳴《ひめい》もガマンして、「何《なに》も見《み》ていない。ちょっと首《くび》を動《うご》かしただけ」というフリ。

そのまま急《いそ》ぎ足《あし》にもならず、ふつうをよそおって階段《かいだん》を下《お》りて……なんとか昇降口《しょうこうぐち》までたどり着《つ》いた。本当《ほんとう》は後《うし》ろを振《ふ》り返《かえ》って、「アレ」がついてきていないか確認《かくにん》したかったけど、必死《ひっし》にガマンした。

『いいかい？　心《こころ》ちゃん。心《こころ》ちゃんにだけ見《み》えて他《ほか》の人《ひと》に見《み》えないものは、けっして目《め》で追《お》ってはいけないよ。じぃっと見《み》つめたり、目《め》を合《あ》わせたりしたら、向《む》こうも心《こころ》ちゃんのことが見《み》

えるようになっちゃうから。幻《まぼろし》だと思《おも》って、無視《むし》するんだ。——じゃないと、うん。とっても危《あぶ》ないんだ。心《こころ》ちゃんの家族《かぞく》にも、悪《わる》いことが起《お》こるかもしれない。見《み》ないように気《き》を付《つ》けていたら、いつかは見《み》えなくなるからね』

あのお兄《にい》さんの言葉《ことば》が、頭《あたま》の中《なか》でよみがえる。

心《こころ》の中《なか》で必死《ひっし》に「わたしは何《なに》も見《み》なかった」とくり返《かえ》しながら、長靴《ながぐつ》に履《は》きかえて、ピンクの傘《かさ》を広《ひろ》げて、ゆっくりと歩《ある》きだした。

——結局《けっきょく》、その日《ひ》は無事《ぶじ》に家《いえ》に帰《かえ》ることができたし、変《へん》なことも起《お》きなかった。

それでも、黒《くろ》い丸《まる》しかない「アレ」の顔《かお》を思《おも》い出《だ》しちゃって、ろくに眠《ねむ》れない夜《よる》になった。

それから数日《すうじつ》の間《あいだ》は、何《なに》も起《お》こらなかった。

トイレの前《まえ》に「アレ」が立《た》っていることもなかったし、不気味《ぶきみ》な気配《けはい》を感《かん》じることもなかった。

でも、さらに数日後《すうじつご》、異変《いへん》が起《お》こった。クラスの女子《じょし》たちが、こんなうわさ話《ばなし》をし始《はじ》めたんだ。

「ねぇねぇ、知《し》ってる？　となりのクラスの子《こ》が、『トイレの花子《はなこ》さん』を見《み》たんだって——」

三《さん》、心《こころ》、決意《けつい》する

『三階《さんかい》のトイレに、花子《はなこ》さんが出《で》るらしい』

そのうわさは、あっという間《ま》に学校中《がっこうじゅう》に広《ひろ》がった。

ほとんどは、また聞《ぎ》きのいいかげんな話《はなし》が多《おお》かった。だけど中《なか》には、こんなことを言《い》いだす子《こ》もいた。

『自分《じぶん》も三階《さんかい》のトイレに入《はい》っていく、おかっぱ頭《あたま》に赤《あか》い吊《つ》りスカートの女《おんな》の子《こ》を見《み》た』

そのせいで、学校《がっこう》は少《すこ》しだけパニック状態《じょうたい》になっちゃった。

中《なか》には、「花子《はなこ》さんを追《お》って女子《じょし》トイレに入《はい》ってみたら、そこには誰《だれ》もいなかった」——なんてうわさ話《ばなし》もあって、怖《こわ》がる子《こ》もどんどん増《ふ》えていった。

最初《さいしょ》は、「よくある怪談話《かいだんばなし》だから」と気《き》にしていなかった先生《せんせい》たちも、うわさが広《ひろ》まってくると無視《むし》できなくなった。毎日《まいにち》のように、職員会議《しょくいんかいぎ》で「トイレの花子《はなこ》さん」への対策《たいさく》が話《はな》し合《あ》われたらしい。

でも、「トイレの花子《はなこ》さん」への対策《たいさく》と言《い》っても、できることはかぎられてる。せいぜい、「ただのうわさ話《ばなし》」「お化《ば》けなんていない」「きっと誰《だれ》かのイタズラ」みたいに、朝《あさ》の会《かい》で先生《せんせい》がみんなに話《はな》すくらい。怖《こわ》がっている子《こ》たちには、そんな気休《きやす》めの言葉《ことば》じゃ効果《こうか》はない。

そうこうしている間《あいだ》に、ついに低学年《ていがくねん》の一部《いちぶ》の子《こ》が、「花子《はなこ》さんが怖《こわ》くて学校《がっこう》に行《い》けない」って言《い》い始《はじ》めちゃった！

（きっと、わたしのせいだ）

「トイレの花子《はなこ》さん」のうわさが大事《おおごと》になればなるほど、わたしの不安《ふあん》も大《おお》きくなっていった。花子《はなこ》さんのうわさ話《ばなし》がされるようになったのは、わたしが「アレ」を見《み》た後《あと》からだった。だから、「きっと自分《じぶん》が花子《はなこ》さんに気付《きづ》かれたから、学校全体《がっこうぜんたい》に悪《わる》いことが起《お》こっているんだ」と思《おも》ってしまった。

（わたしがなんとかしなくちゃ……）

本当《ほんとう》にわたしが「見《み》た」ことがきっかけで、花子《はなこ》さんが学校中《がっこうじゅう》のうわさになったのかどうかはわからない。

でも、この時《とき》のわたしはそう固《かた》く信《しん》じてしまって、「自分《じぶん》がなんとかしなければ」って思《おも》うようになってた。

――と言《い》っても、お化《ば》けをやっつける方法《ほうほう》なんて、わたしにわかるはずない。

今《いま》までは、近所《きんじょ》のお兄《にい》さんのアドバイスを守《まも》って見《み》えていないフリを続《つづ》けてきただけで、お化《ば》けとちゃんと向《む》き合《あ》ったことはなかったから。

（とりあえず、お守《まも》りでも買《か》っておいた方《ほう》がいいかなぁ？）

安直《あんちょく》だけど、しょうがないよね？　この時《とき》は、そのくらいしか思《おも》いつかなかったんだ。

だからわたしは家《いえ》に帰《かえ》った後《あと》、なけなしのおこづかいをにぎりしめて、家《いえ》の近所《きんじょ》にある神社《じんじゃ》へと向《む》かった。

なんだかむずかしいお名前《なまえ》の神社《じんじゃ》で、「社務所《しゃむしょ》」という所《ところ》でお守《まも》りを売《う》っていたはずだったから。

鎌倉《かまくら》には、歴史《れきし》のあるお寺《てら》や神社《じんじゃ》が多《おお》い。近所《きんじょ》にあるのも昔《むかし》からある神社《じんじゃ》らしいから、ご利《り》益《やく》があるかもしれないと思《おも》ったんだ。

＊＊＊

神社《じんじゃ》に着《つ》くと、大《おお》きな赤《あか》い鳥居《とりい》がわたしをむかえてくれた。

それをくぐって境内《けいだい》に入《はい》ると、まっすぐに伸《の》びる石畳《いしだたみ》と白《しろ》い玉砂利《たまじゃり》が広《ひろ》がってた。石畳《いしだたみ》が伸《の》びる先《さき》には、神社《じんじゃ》の本殿《ほんでん》がそびえている。

わたしはなんとなく、神社《じんじゃ》にお参《まい》りしてからお守《まも》りを買《か》うことにした。

——お参《まい》りには、神社《じんじゃ》ごとに決《き》められた、いくつかのお作法《さほう》があるらしい。

まず、手水舎《ちょうずしゃ》という、お水《みず》がためられている場所《ばしょ》へ向《む》かう。

そこのお水《みず》を「ひしゃく」という道具《どうぐ》ですくって、左手《ひだりて》にかける。それが終《お》わったらひしゃくを左手《ひだりて》に持《も》ちかえて、今度《こんど》は右手《みぎて》に水《みず》をかける。

次《つぎ》に、ひしゃくをまた右手《みぎて》に持《も》ちかえて、お水《みず》を左《ひだり》の手《て》の平《ひら》にそそぐ。手《て》の平《ひら》に水《みず》がたまったら、その水《みず》を口《くち》に入《い》れて、軽《かる》くゆすいでから吐《は》き出《だ》す。

そして、左手《ひだりて》にもう一度《いちど》水《みず》をかけて、ひしゃくを立《た》てて残《のこ》った水《みず》が柄《え》を伝《つた》って流《なが》れ落《お》ちるようにする。これは、柄《え》をきれいにするためみたい。

最後《さいご》に、ひしゃくを元《もと》の場所《ばしょ》に戻《もど》して、ようやくお参《まい》りの準備《じゅんび》は終《お》わり。

そのまま本殿《ほんでん》の前《まえ》においてあるおさい銭箱《せんばこ》の前《まえ》まで行《い》くと、わたしはおサイフから出《だ》した五《ご》円玉《えんだま》を投《な》げ入《い》れた。

そして姿勢《しせい》を正《ただ》して、おじぎを二回《にかい》。次《つぎ》に、パンパンッ！　と今度《こんど》は拍手《はくしゅ》を二回《にかい》。最後《さいご》にもう一度《いちど》おじぎをした。

初詣《はつもうで》の時《とき》くらいしかお参《まい》りには来《こ》ないけど、わたしのお父《とう》さんとお母《かあ》さんはこういう「しきたり」というものをとっても大事《だいじ》にする人《ひと》なので、わたしも自然《しぜん》とお参《まい》りの作法《さほう》が身《み》についていた。

わたしはこの神社《じんじゃ》のお作法《さほう》しか知《し》らないから、他《ほか》の神社《じんじゃ》も同《おな》じでいいのかまではわからないんだけど。

（さて、お守《まも》りは……）

お参《まい》りを済《す》ませたわたしは、目的《もくてき》のお守《まも》りを買《か》うために「社務所《しゃむしょ》」を探《さが》した。

辺《あた》りを見回《みまわ》すと、本殿《ほんでん》から少《すこ》しはなれたところに、一階建《いっかいだ》てのやけに横《よこ》に長《なが》い建物《たてもの》があった。

そこのかべに「受付《うけつけ》」「おまもり　ございます」と書《か》かれた紙《かみ》が貼《は》ってある。どうやらそこが社務所《しゃむしょ》ってところらしい。

「ごめんくださ〜い！」

社務所《しゃむしょ》に近付《ちかづ》いてから、わたしは受付《うけつけ》の窓《まど》へ向《む》かって声《こえ》をかけた。

そのまましばらく待《ま》っていると――

「あら。こんな時間《じかん》にお客《きゃく》さまなんて、めずらしいわね」

突然《とつぜん》、建物《たてもの》の方《ほう》からじゃなくて、わたしの背中《せなか》の方《ほう》から声《こえ》が聞《き》こえてきた。

びっくりして振《ふ》り向《む》くと、そこには巫女《みこ》さんの服《ふく》を着《き》た、とてもきれいな女《おんな》の子《こ》が立《た》っていた。背中《せなか》まである黒髪《くろかみ》が風《かぜ》にサラサラと揺《ゆ》れていて、一瞬神様《いっしゅんかみさま》かと思《おも》っちゃったくらいきれいな子《こ》！

その女《おんな》の子《こ》は、わたしよりも少《すこ》し年上《としうえ》に見《み》えて、最初《さいしょ》は「中学生《ちゅうがくせい》くらいかな？」って思《おも》った。

でも、よく見《み》ると、それはわたしの知《し》っている女《おんな》の子《こ》だった。

「……あっ。同《おな》じ学年《がくねん》の……八重垣《やえがき》ひばりちゃん？」

「あら、私《わたし》のことを知《し》っているのね？　ということは、あなたも猫ヶ丘小《ねこがおかしょう》の子《こ》かしら？」

それが、わたしとひばりちゃんとの出会《であ》いだった。

この時《とき》は思《おも》いもしなかったなぁ。わたしとひばりちゃんともう一人《ひとり》とで、「ミステリー倶楽《クラ》部《ブ》」を作《つく》ることになるだなんて。

四《よん》・ひばりちゃんとの出会《であ》い

この子《こ》は八重垣《やえがき》ひばりちゃん。わたしと同《おな》じ鎌倉猫ヶ丘小学校《かまくらねこがおかしょうがっこう》に通《かよ》っていて、学校《がっこう》では知《し》らない人《ひと》がいないんじゃないかってくらいの有名人《ゆうめいじん》。

わたしと同《おな》じ五年生《ごねんせい》なのに、学校《がっこう》の女子《じょし》で一番背《いちばんせ》が高《たか》くて、しかもすっごい美少女《びしょうじょ》！

今《いま》は巫女《みこ》さんの服《ふく》を着《き》てるけど、ふだんは花柄《はながら》の着物《きもの》を着《き》ていて、それがまたすごく似合《にあ》ってる。

おまけに、ひばりちゃんには「孔雀《くじゃく》くん」っていう双子《ふたご》のお兄《にい》さんがいるんだけど、こっちもすっごい美少年《びしょうねん》！

そのひばりちゃんが、なぜか巫女《みこ》さんの服《ふく》を着《き》て神社《じんじゃ》にいた。

「ええと……あなた、お名前《なまえ》は？」

「あ、綾里心《あやさとこころ》です！　同《おな》じ学年《がくねん》です！」

ひばりちゃんがものすごくきれいな声《こえ》でたずねてきたから、わたしは緊張《きんちょう》してちょっとつっかえちゃった。

だってしょうがないよね。本当《ほんとう》にきれいな子《こ》なんだもん！

しかも、わたしはひばりちゃんのことを知《し》ってるけど、ひばりちゃんはわたしのことなんて知《し》らないはずだから、よけいに緊張《きんちょう》しちゃったよ！

でも――

「……あら、そう言《い》えば見覚《みおぼ》えがあるわね。三組《さんくみ》だったかしら？」

「はい、そうです！　三組《さんくみ》です！」

なんと、ひばりちゃんはわたしのことを知《し》ってくれてた！

うちの学校《がっこう》は三《さん》クラスしかないけど、同学年《どうがくねん》でも全然《ぜんぜん》知《し》り合《あ》い同士《どうし》じゃないことも多《おお》い。だから、ちょっとびっくりだった。

「で、うちの神社《じんじゃ》になにか御用《ごよう》かしら？」

「うちの神社《じんじゃ》？……って、ここ、八重垣《やえがき》さんのおうちだったんですか～!?」

「ええ、そうよ。学校《がっこう》でもよく知《し》られてる話《はなし》だと思《おも》ってたのだけれど……。私《わたし》の顔《かお》と名前《なまえ》を知《し》っていて、そっちを知《し》らない人《ひと》なんていたのね。で、ご用《よう》は何《なに》かしら？」

「あ、そうだ！　ええと……お守《まも》りを、ください！」

わたしは、ようやく神社《じんじゃ》へやってきた目的《もくてき》を思《おも》い出《だ》した。お化《ば》け――花子《はなこ》さんを退治《たいじ》するために、お守《まも》りを買《か》いに来《き》たんだった。

あまりにもひばりちゃんがきれいだから、すっかり忘《わす》れそうになってたよ！

「お守《まも》り？　いろいろあるわよ？　家庭内《かていない》の円満《えんまん》を願《ねが》う『家内安全《かないあんぜん》』。病気《びょうき》や災害《さいがい》を避《さ》けたい時《とき》は、『無病息災《むびょうそくさい》』。勉強《べんきょう》をがんばりたい時《とき》は、『学業成就《がくぎょうじょうじゅ》』。……それとも、恋愛《れんあい》がらみかしら？」

「ええと、そういうのじゃなくて～。……あの～、『悪霊退散《あくりょうたいさん》』のお守《まも》りとか、ないですか？」

「……悪霊退散《あくりょうたいさん》？」

わたしの言葉《ことば》に、ひばりちゃんが首《くび》をかわいらしくかしげる。

「あ、変《へん》なこと言《い》っちゃったかな？」って、少《すこ》し不安《ふあん》になったんだけど、ひばりちゃんはすぐに何《なに》かに気付《きづ》いたような顔《かお》になって、こう言《い》ってくれた。

「ああ、なるほど。今《いま》、花子《はなこ》さんが学校中《がっこうじゅう》のうわさになっているものね。お守《まも》りの一《ひと》つも身《み》に付《つ》けておけば、きっと大丈夫《だいじょうぶ》よ」

ひばりちゃんは受付《うけつけ》の窓《まど》を開《あ》けて中《なか》からお守《まも》りを一《ひと》つ取《と》り出《だ》すと、それをわたしに手渡《てわた》してくれた。お守《まも》りに書《か》かれていた言葉《ことば》は「無病息災《むびょうそくさい》」。

「お金《かね》はいらないわ。その代《か》わり、またお参《まい》りに来《き》てちょうだい」

「え、いいんですか～？　ありがとうございます～！」

感激《かんげき》したわたしは、お守《まも》りを渡《わた》してくれたひばりちゃんの手《て》をにぎって目《め》をキラキラさせた。

だって、すごくやさしいしカッコいいんだもん！　同《おな》い年《どし》なのに尊敬《そんけい》しちゃう！

一方《いっぽう》、手《て》をにぎられたひばりちゃんの方《ほう》はというと、ちょっと困《こま》り顔《がお》。

後《あと》で知《し》ったんだけど、ひばりちゃんは、他人《たにん》からベタベタさわられるのはあまり好《す》きではないらしい。それでも、わたしの手《て》を振《ふ》りほどいたりしないんだから、やさしいんだなぁ。

わたしはそんなことも知《し》らずに、ひばりちゃんの手《て》をギュっとにぎってニコニコしてた。

と、その時《とき》——

『ニャア～』

神社《じんじゃ》の境内《けいだい》に、甲高《かんだか》い猫《ねこ》の鳴《な》き声《ごえ》が響《ひび》いた。

その鳴《な》き声《ごえ》に、ひばりちゃんが周囲《しゅうい》を見回《みまわ》すと——いつの間《ま》にか、石畳《いしだたみ》の上《うえ》に一匹《いっぴき》の猫《ねこ》が、ちょこんと座《すわ》ってた。

全身真《ぜんしんま》っ黒《くろ》だけど、鼻《はな》の周《まわ》りと胸《むね》とお腹《なか》、足《あし》の一部《いちぶ》だけが白《しろ》い猫《ねこ》ちゃん。ちょっと目《め》つきが悪《わる》いけどかわいい猫《ねこ》ちゃんだったから、思《おも》わずわたしもテンションが上《あ》がっちゃった。

「ああ～、かわいいにゃんこ！　八重垣《やえがき》さんの猫《ねこ》ちゃんですか～？」

ひばりちゃんの手《て》をぱっとはなして猫《ねこ》の方《ほう》へかけ寄《よ》って、そっとその頭《あたま》をなでる。

猫《ねこ》ちゃんはなでられてうれしいのか、ゴロゴロとのどを鳴《な》らし始《はじ》めた。かわいい～！

でも、それを見《み》ていたひばりちゃんはなぜかひどく驚《おどろ》いて、こんなふしぎなことを言《い》ってき

た。

「あなた……綾里《あやさと》さん。まさか、その子が**視《み》えて**いるの？」

「ほえ〜？」

とってもマヌケな声《こえ》が出《で》ちゃったけど、しょうがないよね？

だって、今《いま》まさに目《め》の前《まえ》にいてナデナデしてる猫《ねこ》ちゃんのことを「見《み》えているの？」なんて言《い》われたら、誰《だれ》だってこんな反応《はんのう》になるもん……たぶん。

でも、この時《とき》、本当《ほんとう》にとまどっていたのは、ひばりちゃんの方《ほう》だった。

——だって、この猫《ねこ》ちゃんはふつうの猫《ねこ》じゃなかったんだもん。

「……綾里《あやさと》さん。あなた、もしかして小《ちい》さな頃《ころ》から、他《ほか》の人《ひと》には見《み》えないものが見《み》えたりする？」

「えっ!?　ええと……その……」

「隠《かく》さなくてもいいわ。私《わたし》もそうだから」

「ええっ!?」

今度《こんど》はわたしが驚《おどろ》く番《ばん》だった。

今《いま》まで、あの近所《きんじょ》のお兄《にい》さん以外《いがい》でお化《ば》けを見《み》ることができた人《ひと》はいなかったのに。それが、こんなところに――しかも同《おな》じ学校《がっこう》の同級生《どうきゅうせい》にいたんだから、それはもうびっくりだよ！

「どうやら、お守《まも》りを渡《わた》して『はい、さよなら』ですむ話《はなし》ではなさそうね。綾里《あやさと》さん。あなた、ただ『トイレの花子《はなこ》さん』を怖《こわ》がっているんじゃなくて、実際《じっさい》に見《み》たのね？」

「……はい。あの！　信《しん》じてもらえないかもしれないけど、花子《はなこ》さんが出《で》たのは、きっとわたしのせいなんです！」

「ふむ……くわしく話《はなし》を聞《き》かせてもらっても、いいかしら？　――ああ、それと。そんな丁寧《ていねい》語《ご》じゃなくていいわよ。同《おな》い年《どし》なんだから。名前《なまえ》も、名字《みょうじ》じゃなくて下《した》の名前《なまえ》でいいわ」

「はい！　……じゃなかった、うん！　よろしくね、ひばりちゃん！」

こうしてわたしは、ひばりちゃんに自分《じぶん》のことや「トイレの花子《はなこ》さん」の件《けん》について、話《はな》すことになった。

五《ご》．妖怪《ようかい》とかお化《ば》けの話《はなし》

「――ということなの」

わたしはひばりちゃんに、すべてを打《う》ち明《あ》けた。

小《ちい》さな頃《ころ》からお化《ば》けが見《み》えていたこと。

近所《きんじょ》のお兄《にい》さんに教《おし》えてもらった「お化《ば》けが見《み》えないふり」のおかげで、最近《さいきん》までお化《ば》けがぼんやりとしか見《み》えなくなっていたこと。

そして、「トイレの花子《はなこ》さん」と目《め》を合《あ》わせてしまった時《とき》のことを。

ひばりちゃんは一切《いっさい》わたしの言《い》うことをさえぎらず、しんぼう強《づよ》く聞《き》いてくれた。

「なるほど。あなたが『花子《はなこ》さん』を見《み》てしまった日《ひ》から、学校《がっこう》で『トイレの花子《はなこ》さん』のうわさが広《ひろ》まり始《はじ》めた、ね。確《たし》かに、あなたが『視《み》た』ことが、きっかけの一《ひと》つになったのだと思《おも》うわ」

「……やっぱり」

ひばりちゃんの言葉《ことば》に、わたしは肩《かた》を落《お》としてしょんぼりとしてしまった。「やっぱり自分《じぶん》のせいだったんだ」って。

でも、ひばりちゃんはすぐにそれを否定《ひてい》してくれた。

「……別《べつ》にあなたのせいじゃないわ。たまたま『視《み》て』しまったのが、あなただったってだけなのだから。鎌倉猫ヶ丘小《かまくらねこがおかしょう》には、あなた以外《いがい》にも『お化《ば》け』が視《み》えてしまう子《こ》がいるの。だから、誰《だれ》が『花子《はなこ》さん』と出会《であ》っていたって、おかしくなかったのよ」

「そう……なんだ」

「ええ、もちろん。──そうね。綾里《あやさと》さんには、『妖怪《ようかい》』や『お化《ば》け』と呼《よ》ばれているものがなんなのか、説明《せつめい》しておいた方《ほう》がいいわね。ここではなんだから、社務所《しゃむしょ》の方《ほう》へ上《あ》がってちょうだい」

そう言《い》うと、ひばりちゃんは社務所《しゃむしょ》にいくつかある引《ひ》き戸《ど》の一《ひと》つを開《あ》けて、スタスタと中《なか》へ入《はい》っていってしまった。しかたなく、わたしもそれに続《つづ》く。

引《ひ》き戸《ど》をくぐると、そこには廊下《ろうか》がなくて、いきなり小《ちい》さな畳敷《たたみじ》きの部屋《へや》があった。ちゃぶ台《だい》と電気《でんき》ポット、お茶《ちゃ》をいれるお急須《きゅうす》があるくらいの、とっても殺風景《さっぷうけい》な部屋《へや》。なんの部屋《へや》だろ？

「……年末年始《ねんまつねんし》に、アルバイトの人《ひと》たちに来《き》てもらった時《とき》だけ使《つか》っている休憩室《きゅうけいしつ》よ。ふだんは、私《わたし》が使《つか》わせてもらってるの」

わたしがものめずらしそうにしていたからか、ひばりちゃんがお茶《ちゃ》と座布団《ざぶとん》を用意《ようい》しながら説明《せつめい》してくれた。二人分《ふたりぶん》のお茶《ちゃ》をいれると、ひばりちゃんが座布団《ざぶとん》の上《うえ》にきれいに正座《せいざ》したので、わたしもそれをマネる。実《じっ》は正座《せいざ》は慣《な》れっこなのだ！

「さて、何《なに》から話《はな》しましょうか。そうね、まずは『お化《ば》け』だとか『妖怪《ようかい》』だとか呼《よ》ばれている存在《そんざい》の種類《しゅるい》について教《おし》えるわね？」

そこまで言《い》うと、ひばりちゃんはお湯《ゆ》のみを花《はな》びらのようなくちびるに運《はこ》んで、お茶《ちゃ》を一口《ひとくち》、コクリと飲《の》んだ。

つられて、わたしもお茶《ちゃ》を一口《ひとくち》飲《の》む。

……しぶい！　けど、しぶい中《なか》にもほんのり甘《あま》みのある、おいしい緑茶《りょくちゃ》だった。どこのお茶《ちゃ》っ葉《ぱ》を使《つか》っているのか、ちょっと気《き》になっちゃった。

でも今《いま》は、「お化《ば》け」とか「妖怪《ようかい》」の話《はなし》が先《さき》！

「お化《ば》けや妖怪《ようかい》と呼《よ》ばれる存在《そんざい》には、大《おお》きく分《わ》けて二《ふた》つの種類《しゅるい》があるの。一《ひと》つは『本当《ほんとう》にいるもの』、もう一《ひと》つは『本当《ほんとう》はいないもの』」

「本当《ほんとう》にいるものと、いないもの……？」

「ええ。『本当《ほんとう》にいるもの』は、例《たと》えばこの猫《ねこ》みたいな妖怪《ようかい》のことね」

そう言《い》いながら、ひばりちゃんが部屋《へや》の入口《いりぐち》の方《ほう》を指差《ゆびさ》す。そこには、さっきの黒白猫《くろしろねこ》ちゃんがちょこんと座《すわ》っていた。……いつの間《ま》に入《はい》ってきたんだろう。

「この猫《ねこ》ちゃんが、妖怪《ようかい》!?」

「ええ。その子《こ》の名前《なまえ》は『クロウ』さん。猫又《ねこまた》と呼《よ》ばれる、れっきとした妖怪《ようかい》よ」

「ふつうのかわいい猫《ねこ》ちゃんに見《み》えるけど」

「そうね、元々《もともと》はふつうの猫《ねこ》だったの。けれども、長生《ながい》きしていたらいつの間《ま》にか妖怪《ようかい》になってしまっていたのよ。昔《むかし》はふつうの人《ひと》にも見《み》えたしさわれもしたけれど、今《いま》は『霊力《れいりょく》』の強《つよ》い人《ひと》にしか見《み》えないしさわれもしないわ。私《わたし》や、あなたのような人《ひと》にしか」

そんなひばりちゃんの言葉《ことば》に応《こた》えるかのように、クロウさんが「ニャー」とかわいらしい声《こえ》で鳴《な》いた。

う〜ん、そう言《い》われても、ただのかわいい猫《ねこ》ちゃんにしか見《み》えないけど……?

「『本当《ほんとう》にいるもの』は、長生《ながい》きした生《い》き物《もの》や古《ふる》い道具《どうぐ》に霊力《れいりょく》が宿《やど》ったものよ。つまり、元々《もともと》この世界《せかい》にいた存在《そんざい》なの。それに、『妖怪《ようかい》』と言《い》ってもけっして怖《こわ》いものばかりじゃないわ。人間《にんげん》が彼《かれ》らに悪《わる》さでもしないかぎり、彼《かれ》らの方《ほう》からは人間《にんげん》に関《かか》わろうとしないことがほとんどなの。逆《ぎゃく》に、人間《にんげん》を守《まも》ってくれる妖怪《ようかい》もいる。そういう存在《そんざい》は『神様《かみさま》』扱《あつか》いされることもあるわ」

「ほえ〜、神様《かみさま》!?」

「ええ。古《ふる》い樹木《じゅもく》とか大《おお》きな山《やま》とかを、信仰《しんこう》したりするでしょう？　実際《じっさい》にご利益《りやく》もあるのよ——でも、『本当《ほんとう》はいないもの』は、その逆《ぎゃく》であることが多《おお》いの」

「逆《ぎゃく》って……人間《にんげん》に悪《わる》いことをする、ってこと？」

わたしの言葉《ことば》にコクリとうなずくと、ひばりちゃんはさらに話《はなし》を続《つづ》けてくれた。

「『本当《ほんとう》はいないもの』のほとんどは、**人々《ひとびと》のうわさ話《ばなし》から生《う》まれたもの**なの。都市伝説《としでんせつ》や学校《がっこう》の怪談《かいだん》に出《で》てくるお化《ば》けなんかが、いい例《れい》ね。『トイレの花子《はなこ》』さんも、これに当《あ》たるわ」

「うわさ話《ばなし》から、生《う》まれた？」

「そう。彼《かれ》らはね、元々《もともと》は『いなかった』のに、人々《ひとびと》が『いる』と信《しん》じ込《こ》むことで生《う》まれた存《そん》在《ざい》なの。言《い》ってみれば、『人間《にんげん》がつくり出《だ》した妖怪《ようかい》』ね」

「人間《にんげん》が……妖怪《ようかい》をつくりだす？　本当《ほんとう》にそんなことができるの？」

「ええ。綾里《あやさと》さんは、『口裂《くちさ》け女《おんな》』のお話《はなし》は知《し》っているかしら？」

わたしはブンブンと首《くび》を横《よこ》に振《ふ》った。「口裂《くちさ》け女《おんな》」——名前《なまえ》を聞《き》いたことくらいはあるけど、くわしい話《はなし》は知《し》らなかったから。

「『口裂《くちさ》け女《おんな》』は、私《わたし》たちが生《う》まれるずっと前《まえ》に日本《にほん》で流行《はや》った都市伝説《としでんせつ》、怪談話《かいだんばなし》よ。大《おお》きなマスクで口元《くちもと》を隠《かく》した美女《びじょ》が現《あらわ》れて、道行《みちゆ》く子《こ》どもにこうたずねるの。『**私《わたし》、キレイ？**』って。

それで『キレイです』と答《こた》えるとマスクを取《と》るのだけど……口《くち》がね、耳元《みみもと》まで裂《さ》けているのよ」

「ひえっ〜！」

思《おも》わず「口裂《くちさ》け女《おんな》」の姿《すがた》を想像《そうぞう》してしまい、わたしは悲鳴《ひめい》を上《あ》げてしまった。だってふつうに怖《こわ》そうなんだもん！

「このお話《はなし》は、元《もと》はどこかの地方都市《ちほうとし》でのたわいない怪談《かいだん》だったの。でも、それが新聞《しんぶん》やテレビで取《と》り上《あ》げられると日本中《にっぽんじゅう》に広《ひろ》がって……『口裂《くちさ》け女《おんな》が出《で》た』『口裂《くちさ》け女《おんな》が怖《こわ》くて学校《がっこう》に行《い》けない』と大《おお》さわぎになったらしいわ」

「そ、そんな大事《おおごと》になったの？」

「ええ。警察《けいさつ》がパトロールしたり、集団下校《しゅうだんげこう》したり、冗談《じょうだん》ではすまないことになったの。本当《ほんとう》は『口裂《くちさ》け女《おんな》』なんていないのに、よ」

「本当《ほんとう》はいないのに、大人《おとな》の人《ひと》たちも、それが『いる』みたいに大《おお》さわぎした……？」

——思《おも》わず背筋《せすじ》がゾクリとする。

今《いま》わたしたちの学校《がっこう》で起《お》こっている「トイレの花子《はなこ》さん」さわぎと、ちょっと似《に》てる。

「元々《もともと》は存在《そんざい》しなかったのに、人々《ひとびと》がうわさ話《ばなし》を信《しん》じてしまうことで、まるで本当《ほんとう》に存在《そんざい》するかのように影響《えいきょう》を与《あた》えてしまう。これが『本当《ほんとう》はいないもの』の怖《こわ》さなの。しかも、うわさ話《ばなし》は広《ひろ》まるにつれ尾《お》ひれがついていくものだから……妖怪《ようかい》もどんどんパワーアップしていくわ」

「ぱわーあっぷ？　強《つよ》くなるってこと？」

「ええ。『口裂《くちさ》け女《おんな》』の場合《ばあい》は、すごいわよ？　『包丁《ほうちょう》やハサミでおそいかかってくる』なんてうわさはまだかわいい方《ほう》で、『子《こ》どもを頭《あたま》から食《た》べてしまう』だとか、『空《そら》を飛《と》ぶ』だとか、色々《いろいろ》なうわさが流《なが》れたらしいわ。いかにも『子《こ》どもが考《かんが》えた怖《こわ》い話《はなし》』だけど、世間《せけん》が『口裂《くちさ》け女《おんな》』を『いる』ものとして扱《あつか》っていたから、冗談《じょうだん》にならなかったんじゃないかしら？」

「耳《みみ》まで口《くち》が裂《さ》けた女《おんな》の人《ひと》が、包丁《ほうちょう》とハサミを持《も》って空《そら》からおそいかかってくる姿《すがた》」を思《おも》い浮《う》かべて、わたしはまた少《すこ》し怖《こわ》くなってしまった。

というか、平気《へいき》な人《ひと》なんているかな？　たぶん、いないと思《おも》う。

「そして、ここからが『本当《ほんとう》はいないもの』の厄介《やっかい》なところなのだけれど――」

「まだあるの～!?」

「むしろ、ここからが本番《ほんばん》よ。いないはずのものが、まるで本当《ほんとう》にいるかのように扱《あつか》われ始《はじ》めると……だんだん『体《からだ》』を持《も》ち始《はじ》めるの。そう、うちの学校《がっこう》に現《あらわ》れた『トイレの花子《はなこ》さん』みたいに」

六《ろく》・お化《ば》けをじっと見《み》てはいけない理由《りゆう》

「いないものが……体《からだ》を持《も》ち始《はじ》める⁉　えっ、でも本当《ほんとう》はいないいんだよね？」

ひばりちゃんの話《はなし》を聞《き》いて、わたしの頭《あたま》の中《なか》はカップラーメンみたいにこんがらがってしまった。

「本当《ほんとう》はいないもの」が、本当《ほんとう》にいるみたいに扱《あつか》われることで「体《からだ》」を持《も》ってしまうと、ひばりちゃんは言《い》った。けど、「体《からだ》」があったら「本当《ほんとう》にいる」ことになっちゃうのでは？

「ええ、あくまでも『本当《ほんとう》にはいない』の。でも、多《おお》くの人《ひと》がその存在《そんざい》を信《しん》じてしまって、更《さら》にはソレが起《お》こしたと信《しん》じられているいろいろな出来事《できごと》が実際《じっさい》に起《お》こってしまうと……世界《せかい》にとっても、『本当《ほんとう》にいる』方《ほう》が自然《しぜん》になってしまうのね。そのつじつま合《あ》わせをするために、『体《からだ》』ができあがってしまうのよ」

「……え～と？」

ひばりちゃんの言《い》っていることがむずかしすぎて、わたしの頭《あたま》の中《なか》はますますこんがらがっていく。このままじゃ頭《あたま》の上《うえ》から湯気《ゆげ》が出《で》ちゃうよ！

「全部《ぜんぶ》は理解《りかい》しなくてもいいわ。とにかく、みんなが『いる』と信《しん》じてしまえば、『本当《ほんとう》はいないもの』にも『体《からだ》』が生《う》まれてしまうのよ。でも、その体《からだ》は幽霊《ゆうれい》みたいにフワフワでまぼろしみたいなもの。人間《にんげん》の信《しん》じる心《こころ》が生《う》み出《だ》した『人工《じんこう》の幽霊《ゆうれい》』みたいなものだから、ふつうの人間《にんげん》はふれることも見《み》ることもできないの」

「ふつうの人間《にんげん》は……？」

「ええ、ふつうの人間《にんげん》は。でも、私《わたし》たちのような人間《にんげん》には視《み》えてしまう。そして視《み》ることで彼《かれ》らの存在《そんざい》を強《つよ》めてしてしまうのよ」

「――あっ」

ひばりちゃんの言《い》ってることのほとんどは、わたしにとってチンプンカンプンだった。けど、「視《み》ることで彼《かれ》らの存在《そんざい》を強《つよ》めてしまう」という言葉《ことば》だけは、なんとなく理解《りかい》できた。

それは、小《ちい》さい頃《ころ》に近所《きんじょ》のお兄《にい》さんから教《おし》えてもらったことと、似《に》ていたから。

「ことわざで『百聞《ひゃくぶん》は一見《いっけん》にしかず』なんて言葉《ことば》があるわよね？」

「ええと……どういう意味《いみ》だっけ？」

「他人《たにん》から何度《なんど》も話《はなし》を聞《き》くよりも、一度《いちど》でいいから自分《じぶん》の目《め》で見《み》た方《ほう》が、その物事《ものごと》を理解《りかい》できるという意味《いみ》ね」

ひばりちゃんがちょっと苦笑《にがわら》いしながら、言葉《ことば》の意味《いみ》を教《おし》えてくれる。

うう、ことわざはちょっと苦手《にがて》なんだよね……

「『見《み》て認識《にんしき》する』という行為《こうい》は、それだけ『強《つよ》い』のよ。あるのかないのか、わからなかった物《もの》も、誰《だれ》かが『見《み》て認識《にんしき》した』瞬間《しゅんかん》に確《たし》かな事実《じじつ》になる。――『本当《ほんとう》はいないもの』ですら、『いる』に変《か》えてしまうの」

「じゃあ、やっぱりわたしが見《み》ちゃったせいで……」

「ストップ。その話《はなし》はさっきもしたわよね？　あなたのせいじゃないって」

ひばりちゃんはそう言《い》ってくれたけど、わたしはやっぱり責任《せきにん》を感《かん》じていた。

だって、はっきりしない幽霊《ゆうれい》みたいな存在《そんざい》だった「トイレの花子《はなこ》さん」を、確《たし》かな存在《そんざい》にしてしまったのは「視《み》て」しまったわたしなんだもん！

「その、『トイレの花子《はなこ》さん』は、これからどうなるの？」

「そうね。まず、今起《いまお》こっているように、より多《おお》くの人《ひと》に花子《はなこ》さんの姿《すがた》が見《み》えるようになるわ。そうすると、転《ころ》がした雪玉《ゆきだま》がどんどん大《おお》きくなるみたいに、花子《はなこ》さんの存在《そんざい》がはっきりとしたものになっていって……最後《さいご》には、実体《じったい》を持《も》つようになるの」

「実体《じったい》？」

「まぼろしや幽霊《ゆうれい》みたいにふわふわした存在《そんざい》じゃなくなるの。**物《もの》にも人《ひと》にもふれられる**、『本《ほん》当《とう》にいるもの』同然《どうぜん》の存在《そんざい》になってしまうわ」

「そんな……」

「本当《ほんとう》はいない」はずのものが、「いる」ことになってしまう。それがどんなに恐《おそ》ろしいことなのかは、わたしにもすぐに理解《りかい》できてしまった。

例《たと》えば、さっきの話《はなし》にあった「口裂《くちさ》け女《おんな》」が「本当《ほんとう》にいる」ことになってしまったら、どうなっちゃうか？

「包丁《ほうちょう》とハサミを持《も》って空《そら》からおそいかかってくる、耳《みみ》まで口《くち》が裂《さ》けた女《おんな》の人《ひと》」が街中《まちなか》に出《で》てきたら、世《よ》の中《なか》きっと大《だい》パニックになる！

「うちの学校《がっこう》に出《で》た『トイレの花子《はなこ》さん』も、すでに『実体《じったい》』を持《も》ち始《はじ》めている。と言《い》っても、まだ『女子《じょし》トイレの中《なか》に消《き》える』だけだから無害《むがい》だと思《おも》うわ。でも、『口裂《くちさ》け女《おんな》』の話《はなし》みたいに、どんどんと尾《お》ひれが付《つ》いていったら……人間《にんげん》に害《がい》を及《およ》ぼす存在《そんざい》になってしまうかもしれないの」

ひばりちゃんのその言葉《ことば》に、わたしの背筋《せすじ》がまたゾクッと寒《さむ》くなった。

もし、鎌倉猫ヶ丘小《かまくらねこがおかしょう》の中《なか》で「トイレの花子《はなこ》さんは人間《にんげん》を食《た》べる」だとか「おそいかかってくる」だとか、そんな怖《こわ》いうわさが広《ひろ》まってしまったら？

その先《さき》に起《お》こることは、想像《そうぞう》もしたくない！

「ひばりちゃん！　なんとか……なんとかできないの⁉」

ひばりちゃんになんと言《い》われようと、わたしの中《なか》にはまだ「トイレの花子《はなこ》さんが他《ほか》の子《こ》たちにも見《み》えるようになったのは、自分《じぶん》のせい」という思《おも》いがあった。だから、何《なに》かをせずにはいられなかった。

わたしの思《おも》いつめた様子《ようす》を見《み》て、ひばりちゃんは一《ひと》つため息《いき》をつくと、静《しず》かにこう言《い》った。

「方法《ほうほう》はいくつかあるわ。一番簡単《いちばんかんたん》なのは、うわさがおさまるのを待《ま》つこと。……この手《て》のうわさ話《ばなし》は、実《じつ》はあまり長持《ながも》ちしないの。一ヶ月《いっげつ》もあれば、ほとんどの人《ひと》は忘《わす》れるでしょうね。うわさが消《き》えれば花子《はなこ》さんも消《き》えるわ」

「な～んだ。それなら心配《しんぱい》いらないね！」

「でも、うわさがおさまる前《まえ》に、花子《はなこ》さんが凶悪化《きょうあくか》してしまう可能性《かのうせい》もあるわ。というか、たぶんそうなる」

「そ、それじゃダメじゃない!?」

「落《お》ち着《つ》いて。方法《ほうほう》はいくつかある、と言《い》ったでしょう？」

ひばりちゃんはわたしをなだめると、お茶《ちゃ》を一口《ひとくち》飲《の》んでから話《はなし》を続《つづ》けた。

「こちらは少《すこ》しむずかしくなるけれど、花子《はなこ》さんを倒《たお》してしまうという手《て》があるわ」

「花子《はなこ》さんを、倒《たお》す……？」

「ええ。私《わたし》やあなたのように霊力《れいりょく》が強《つよ》い人間《にんげん》が視《み》ている前《まえ》で、生《う》まれてしまった『実体《じったい》』を倒《たお》すのよ。そうすれば、『花子《はなこ》さんを倒《たお》した』という事実《じじつ》が強化《きょうか》されて、しばらくの間《あいだ》は花子《はなこ》さんの『実体《じったい》』は現《あらわ》れなくなるわ」

「おお～！」

「でも、この方法《ほうほう》だと、うわさ話《ばなし》の方《ほう》がおさまっていない限《かぎ》り、また『実体《じったい》』が現《あらわ》れる可能性《かのうせい》があるわ」

「ダメじゃん!?」

思《おも》わずがっくりとうなだれる。でも、ひばりちゃんはそんなわたしの姿《すがた》を見《み》て、口元《くちもと》に笑《え》みを浮《う》かべていた。

その笑《え》みにピンとくる。ああ、これってあれだ、「手《て》のひらの上《うえ》で転《ころ》がされてる」ってやつだ……

「綾里《あやさと》さん、早合点《はやがてん》しないでちょうだい。確《たし》かに、『倒《たお》す』方法《ほうほう》だと、花子《はなこ》さんがまた復活《ふっかつ》してしまう可能性《かのうせい》があるわ。でも、それを防《ふせ》ぐ方《ほう》法《ほう》もきちんとあるのよ」

「そ、それを早《はや》く言《い》ってよ～！」

「ふふ、ごめんなさいね？　あなたがあわてふためく姿《すがた》が、ちょっとかわいらしかったものだから、つい」

ひばりちゃんがペロッと舌《した》を出《だ》してあやまってくる。どうやらひばりちゃんは、クールそうな見《み》た目《め》に反《はん》しておちゃめなところがあるみたい！

キレイ系《けい》なのにかわいいところもあるって、最強《さいきょう》じゃない？

「ようするに、花子《はなこ》さんを倒《たお》しつつ、うわさ話《ばなし》の方《ほう》もおさまるように仕向《しむ》ければいいのよ。そうすれば、花子《はなこ》さんを一気《いっき》に『いないもの』に戻《もど》すことができるわ」

「なるほど〜。でも、うわさ話《ばなし》をおさめることなんて、できるの？　みんな、ずいぶん盛《も》り上がっちゃってるけど……」

そうなのだ。今更《いまさら》「花子《はなこ》さんはいないんだ！」と誰《だれ》かが言《い》ったところで、学校中《がっこうじゅう》に広《ひろ》まったうわさ話《ばなし》がおさまるとは、とても思《おも》えない。

けれども——

「ふふ、安心《あんしん》して？　そういうのが得意《とくい》な、口《くち》が達者《たっしゃ》なヤツがすぐ近《ちか》くにいるから」

そう言《い》いながら、ひばりちゃんはこちらがドキッとするくらいにあやしい笑顔《えがお》を見《み》せた。

うう、美人《びじん》さんはどんな表情《ひょうじょう》でもきれいだからズルい！

それにしても、「口《くち》が達者《たっしゃ》なヤツ」って誰《だれ》のことだろう……？

七《なな》．孔雀《くじゃく》くんは自信満々《じしんまんまん》

わたしがひばりちゃんと出会《であ》った翌朝《よくあさ》。学校《がっこう》は、相変《あいか》わらず「トイレの花子《はなこ》さん」の話題《わだい》でもちきりだった。

「花子《はなこ》さんを見《み》た！」っていう子《こ》の人数《にんずう》が、日《ひ》に日《ひ》に増《ふ》えていっている証拠《しょうこ》だよね、これ。

そんなさわがしい教室《きょうしつ》の様子《ようす》をながめながら、わたしは昨日《きのう》ひばりちゃんから聞《き》いた話《はなし》を思《おも》い返《かえ》していた。

「トイレの花子《はなこ》さん」のうわさ話《ばなし》がこのまま広《ひろ》がり続《つづ》ければ、花子《はなこ》さんはやがて「実体《じったい》」を持《も》つようになってしまう。それを防《ふせ》ぐには、花子《はなこ》さんを「倒《たお》し」つつ、うわさ話《ばなし》をおさめる必要《ひつよう》がある。

ひばりちゃんには何《なに》か心当《こころあ》たりがあるようだったけど、花子《はなこ》さんを「倒《たお》す」方法《ほうほう》も、うわさ話《ばなし》をおさめる方法《ほうほう》も、わたしにはさっぱり思《おも》いつかない！

ここまで盛《も》り上《あ》がっちゃったうわさ話《ばなし》を簡単《かんたん》におさめる方法《ほうほう》なんて、本当《ほんとう》にあるのかな？

なにより、「花子《はなこ》さんを倒《たお》す」なんてこと、本当《ほんとう》にできるのかな？

ひばりちゃんを信《しん》じてないわけじゃないけど、どちらもまったくできる気《き》がしないよ〜！

そのひばりちゃんは、「明日《あす》、さっそくしかけてみる」と言《い》っていたけど……一体《いったい》どうするんだろう？

どんよりとくもった空《そら》をながめながら、わたしは思《おも》わずため息《いき》をついた。

と、その時《とき》――

「やあやあ、おじゃまするよ！　このクラスに『トイレの花子《はなこ》さん』を見《み》た子《こ》がいるって聞《き》いてきたんだけど」

そんなことを言《い》いながら、教室《きょうしつ》の前《まえ》の方《ほう》のドアから、やけに顔立《かおだ》ちの整《ととの》った男《おとこ》の子《こ》が入《はい》ってきた。

一気《いっき》に教室《きょうしつ》の中《なか》が静《しず》かになる。

（あ、あれは……八重垣孔雀《やえがきくじゃく》くんだ！）

そう、それは八重垣《やえがき》ひばりちゃんの双子《ふたご》のお兄《にい》さんの孔雀《くじゃく》くんだった。

すらりとしていて、まだ五年生《ごねんせい》なのに六年生《ろくねんせい》の誰《だれ》よりも背《せ》が高《たか》い、「学校一《がっこういち》のイケメン」として有名《ゆうめい》な男《おとこ》の子《こ》！

その孔雀《くじゃく》くんが、「トイレの花子《はなこ》さん」のうわさ話《ばなし》を聞《き》きに、わたしのクラスにやってき

た⁉

女子《じょし》はもう、おおはしゃぎ！　しょうがないよね、すっごい美少年《びしょうねん》なんだもん。アイドルとかやっててもおかしくないくらい。

『ふふ、安心《あんしん》して？　そういうのが得意《とくい》な、口《くち》が達者《たっしゃ》なヤツがすぐ近《ちか》くにいるから』

昨日《きのう》、ひばりちゃんが言《い》っていた言葉《ことば》を思《おも》い出《だ》す。

もしかして、「口《くち》が達者《たっしゃ》なヤツ」って、孔雀《くじゃく》くんのことだったのかな？

孔雀《くじゃく》くんはそのまま、うちのクラスメイトから「トイレの花子《はなこ》さん」のうわさ話《ばなし》を聞《き》いて回《まわ》り始《はじ》めた。

わたしも話《はな》そうかと思《おも》ったけど、ほかの女子《じょし》が先《さき》をあらそうように孔雀《くじゃく》くんに話《はな》しかけていたから、近寄《ちかよ》れなかった。だってみんな、ちょっと怖《こわ》いんだもん……

「ふむふむ、なるほどね……！　ありがとう、みんな。よくわかったよ！」

一通《ひとと》り「トイレの花子《はなこ》さん」のうわさ話《ばなし》を聞《き》くと、孔雀《くじゃく》くんはさわやかな笑顔《えがお》を浮《う》かべながら去《さ》っていってしまった。

クラスの女子《じょし》たちにキャーキャー言《い》われながら。

（あれ？　話《はなし》を聞《き》いていっただけ……？）

てっきり、何《なに》か「うわさ話《ばなし》をおさめる」ようなことをやってくれるんだと思《おも》ってたんだけど、孔雀《くじゃく》くんは本当《ほんとう》に話《はなし》を聞《き》いただけで帰《かえ》ってしまった。

もしかして、孔雀《くじゃく》くんがうわさ話《ばなし》を集《あつ》めていたのは、ひばりちゃんの言《い》っていたこととは関《かん》係《けい》ないのかな？

そんなモヤモヤした気持《きも》ちを抱《かか》えたまま、一日《いちにち》がすぎ、二日《ふつか》がたち。土日《どにち》をはさんで次《つぎ》の週《しゅう》になった。

鎌倉猫《かまくらねこ》ヶ丘小学校《がおかしょうがっこう》では、月曜日《げつようび》は週《しゅう》に一度《いちど》の朝礼《ちょうれい》が行《おこな》われる日《ひ》。朝礼《ちょうれい》の時《とき》には全児童《ぜんじどう》が校庭《こうてい》に集《あつ》まることになってる。

連日続《れんじつつづ》いた雨《あめ》もその日《ひ》はやんで、空《そら》に晴《は》れ間《ま》が見《み》えていた。ひさしぶりのまともなお日様《ひさま》！

でも、それとは反対《はんたい》に、校庭《こうてい》に集《あつ》まったみんなの心《こころ》はどこか「くもり空《ぞら》」って感《かん》じだった。

みんな「トイレの花子《はなこ》さん」のうわさ話《ばなし》でもちきりで、ざわざわしててまったくおさまる気《け》配《はい》がない。

（そろそろ静《しず》かにしないと先生《せんせい》に怒《おこ》られるのに）

わたしがそんなことを考《かんが》えた、その時《とき》――

「え〜、ここで最近《さいきん》みなさんを怖《こわ》がらせている『トイレの花子《はなこ》さん』のうわさについて、少《すこ》しお話《はなし》の時間《じかん》を作《つく》りたいと思《おも》います」

いつものように、わかるようなわからないような、むずかしい話《はなし》をしていた校長先生《こうちょうせんせい》が、突《とつ》然《ぜん》そんなことを言《い》いだした！

ろくに話《はなし》を聞《き》いていなかった人《ひと》たちも、さすがに「なんだなんだ？」とさわぎ始《はじ》めて、さっきまでとはちがうざわざわが、あたりに広《ひろ》がりだした。

「空気《くうき》が変《か》わった」っていうのは、きっとこんな感《かん》じのことを言《い》うんだろうね。

校長先生《こうちょうせんせい》は、そのざわざわが少《すこ》しおさまるのを待《ま》ってから、また話《はな》し始《はじ》めた。

「え〜、担任《たんにん》の先生《せんせい》からもくり返《かえ》しお話《はなし》があったかと思《おも》いますが、『トイレの花子《はなこ》さん』なんてものは、いません。全部《ぜんぶ》なにかの見《み》まちがいか、かんちがいです——」

みんなのざわめきが大《おお》きくなる。

中《なか》には「そんなことわかってるんだよ！」と文句《もんく》を言《い》い始《はじ》める子《こ》までいた。

それはそうだよね。今《いま》までも散々《さんざん》、先生《せんせい》たちからは「花子《はなこ》さんはいない」と言《い》われ続《つづ》けてきたんだから。実際《じっさい》に見《み》た子《こ》が何人《なんにん》もいるのに。

校長先生《こうちょうせんせい》から同《おな》じことをくり返《かえ》されたって、今《いま》さらだもんね。

でも、その後《あと》に続《つづ》いた校長先生《こうちょうせんせい》の言葉《ことば》は、とっても意外《いがい》なものだった。

「――と、私《わたし》の口《くち》から言《い》っても君《きみ》たちは納得《なっとく》しないでしょう。大人《おとな》に見《み》えている世界《せかい》と、子《こ》どもに見《み》えている世界《せかい》はちがいます。私《わたし》たち大人《おとな》には見《み》えていないものが、君《きみ》たちにだけ見《み》えることがあるのです。そこで、君《きみ》たちと同《おな》じ視点《してん》を持《も》っている人《ひと》に、『トイレの花子《はなこ》さん』のウソをあばいてもらおうと思《おも》います」

そう言《い》って、校長先生《こうちょうせんせい》は朝礼台《ちょうれいだい》の上《うえ》から誰《だれ》かを手招《てまね》きをした。

そしたら、一人《ひとり》の男《おとこ》の子《こ》が列《れつ》の中《なか》から抜《ぬ》け出《だ》して朝礼台《ちょうれいだい》の方《ほう》まで歩《ある》いていった――その男《おとこ》の子《こ》は、なんと孔雀《くじゃく》くんだった！

孔雀《くじゃく》くんは堂々《どうどう》と朝礼台《ちょうれいだい》に上《あ》がっていった。その手《て》には何《なに》かの紙袋《かみぶくろ》を持《も》っている。

緊張《きんちょう》なんかまったくしてない感《かん》じ。わたしだったらきっと、足《あし》がガクガクになっちゃうのに。

孔雀《くじゃく》くんは朝礼台《ちょうれいだい》の上《うえ》に立《た》つと、わたしたちのことを見回《みまわ》してから、静《しず》かに話《はな》し始《はじ》めた。

「みなさん、おはようございます。五年一組《ごねんいちくみ》の八重垣孔雀《やえがきくじゃく》です。先週《せんしゅう》、僕《ぼく》はみなさんの教室《きょうしつ》に行《い》って『トイレの花子《はなこ》さん』のうわさ話《ばなし》を聞《き》いて回《まわ》りましたが……おかげで謎《なぞ》が解《と》けました！」

――また、ざわめきが広《ひろ》がっていく。

まわりからは「他《ほか》の教室《きょうしつ》も回《まわ》ってたんだ」だとか、「謎《なぞ》が解《と》けたってどういうことだ？」だとかいうつぶやきが聞《き》こえてきて、みんなはちょっととまどってるみたいだった。

もちろん、わたしも。

孔雀《くじゃく》くんは、そんなみんなの反応《はんのう》を確認《かくにん》してから、話《はなし》を続《つづ》けた。

「最初《さいしょ》に結論《けつろん》から言《い》います！『トイレの花子《はなこ》さん』の正体《しょうたい》は、お化《ば》けではなく――人間《にんげん》です！その証拠《しょうこ》が、これです！」

校長先生《こうちょうせんせい》よりもよく通《とお》る声《こえ》でそう言《い》うと、孔雀《くじゃく》くんは紙袋《かみぶくろ》から何《なに》かを取《と》り出《だ》した。

それは――どこからどう見《み》ても「おかっぱ髪《がみ》のカツラ」と「赤《あか》い吊《つ》りスカート」だった。まるで、「トイレの花子《はなこ》さん」の髪《かみ》とスカートだけを持《も》ち出《だ》したかのような。

みんなのざわめきが、いっそう強《つよ》くなる。

「これは、とある空《あ》き教室《きょうしつ》にしまってあったものです。先生《せんせい》たちに聞《き》いたところ、大昔《おおむかし》の学芸会《がくげいかい》で使《つか》われた、おしばいの衣装《いしょう》だそうです。でも、最近《さいきん》これと似《に》たようなものを見《み》た人《ひと》も多《おお》いのではないでしょうか？――そうです、『トイレの花子《はなこ》さん』の服装《ふくそう》と髪型《かみがた》、それとそっくりですよね？」

そこかしこから、「確《たし》かに」だとか「私《わたし》が見《み》たのはあれだ！」だとか、様々《さまざま》な声《こえ》が上《あ》がる。

わたしも声《こえ》が出《で》そうになっちゃったけど、必死《ひっし》に我慢《がまん》した。

目立《めだ》つの、イヤだし……

「ここまで言《い》えば、もうみなさんにもおわかりだと思《おも》います！　そう、みなさんが見《み》た『トイレの花子《はなこ》さん』は、誰《だれ》かが変装《へんそう》した姿《すがた》だったのです！」

――ざわめきがいよいよ大《おお》きくなる。みんなびっくりしている。わたしももちろんびっくり！

花子《はなこ》さんの正体《しょうたい》は人間《にんげん》だった？　だったら、わたしが見《み》たものもお化《ば》けじゃなかった？　そんな考《かんが》えが頭《あたま》の中《なか》をぐるぐると回《まわ》る。

でも、孔雀《くじゃく》くんの話《はなし》はそれで終《お》わりじゃなかった。

「けれども、それだけだとわからないことがあります。一部《いちぶ》の人《ひと》たちは、こうも話《はな》していました。『花子《はなこ》さんを追《お》ってトイレの中《なか》に入《はい》ってみたけど、誰《だれ》もいなかった』と。しかし、この謎《なぞ》ももう解《と》けています！」

孔雀《くじゃく》くんが自信満々《じしんまんまん》に叫《さけ》ぶ。

わたしをふくめて、この場《ば》にいるみんながみんな、いつの間《ま》にか孔雀《くじゃく》くんの話《はなし》に聞《き》き入《い》ってしまっていた――

八《はち》．「花子《はなこ》さん」なんていなかった

「先《さき》ほども言《い》った通《とお》り、僕《ぼく》は先週《せんしゅう》、みなさんの教室《きょうしつ》を回《まわ》って『トイレの花子《はなこ》さん』についての話《はなし》を聞《き》かせてもらいました。その中《なか》で、いくつかの共通点《きょうつうてん》に気付《きづ》いたんです」

孔雀《くじゃく》くんは、そこでいったん言葉《ことば》を切《き》った。

「なんでだろう？」と思《おも》ったけど、どうやらみんなの反応《はんのう》をうかがっているらしかった。

少《すこ》しざわざわしているものの、ほとんどの人《ひと》は孔雀《くじゃく》くんの話《はなし》に興味津々《きょうみしんしん》といった様子《ようす》。もちろん、わたしも孔雀《くじゃく》くんから目《め》をはなせなくなってた。

その光景《こうけい》に満足《まんぞく》したのか、孔雀《くじゃく》くんはにっこりとさわやかな笑顔《えがお》を浮《う》かべながら話《はなし》を続《つづ》けた。

「まず、花子《はなこ》さんを実際《じっさい》に見《み》た、と言《い》った人《ひと》は全部《ぜんぶ》で十五人《じゅうごにん》くらいいました。みなさん、『三《さん》階《かい》のトイレに入《はい》っていく花子《はなこ》さんを、廊下《ろうか》のはなれた場所《ばしょ》から見《み》た』と言《い》っています。でも、ほとんどの人《ひと》は花子《はなこ》さんの姿《すがた》を見《み》て怖《こわ》くなって、その場《ば》から逃《に》げ出《だ》したそうです。——そして、その場《ば》から逃《に》げずに花子《はなこ》さんの後《あと》を追《お》った人《ひと》は、五人《ごにん》いました」

その孔雀《くじゃく》くんの言葉《ことば》に「あ、それオレ！　オレのことだ！」という元気《げんき》のいい声《こえ》が、どこかから上《あ》がった。

何年生《なんねんせい》かは分《わ》からないけど、どこかの男子《だんし》が花子《はなこ》さんを追《お》いかけたことを自慢《じまん》したみたい。

「あはは、勇気《ゆうき》があるのはいいことだけど、相手《あいて》が危《あぶ》ない人間《にんげん》だったら大変《たいへん》なので、次《つぎ》は先生《せんせい》を呼《よ》ぼうね？　――とにかく、花子《はなこ》さんの後《あと》を追《お》った人《ひと》は五人《ごにん》いました。そしてその全員《ぜんいん》が、女子《じょし》トイレをのぞきこんで中《なか》に誰《だれ》もいなかったことを確認《かくにん》しています！」

孔雀《くじゃく》くんがそう言《い》うと、今度《こんど》は「えー！　おまえ女子《じょし》トイレのぞいたんだー！」という声《こえ》が上《あ》がった。どうやら先《さき》ほどの男《おとこ》の子《こ》が、クラスメイトにからかわれているらしい。

それはそうだよね。男子《だんし》が女子《じょし》トイレをのぞき込《こ》むのは、わたしから見《み》ても完全《かんぜん》にアウトだもん。

でも孔雀《くじゃく》くんはそれには反応《はんのう》せずに、自分《じぶん》の話《はなし》を続《つづ》けた。もしかすると、その男子《だんし》をかばってあげたのかも。

その証拠《しょうこ》に、みんなすぐにその男子《だんし》のことは忘《わす》れて、また孔雀《くじゃく》くんの話《はなし》に聞《き》き入《い》ったし。

「この『女子《じょし》トイレ』という点《てん》が重要《じゅうよう》です。花子《はなこ》さんを目撃《もくげき》した人《ひと》はみんな、遠《とお》くから花子《はなこ》さんを見《み》ています。そして花子《はなこ》さんはトイレの方向《ほうこう》に消《き》えます――さて、ここで考《かんが》えてみてください。花子《はなこ》さんは男子《だんし》と女子《じょし》、どちらのトイレに入《はい》ったのでしょうか？」

孔雀《くじゃく》くんが問《と》いかけると、どこからか「女子《じょし》トイレにきまってるじゃん！」という声《こえ》が上《あ》がった。

その声《こえ》を聞《き》いて、孔雀《くじゃく》くんがニヤリと笑《わら》う。なんだか「期待通《きたいどお》り」って感《かん》じの笑《わら》い方《かた》だった。

「そうですね。花子《はなこ》さんは女《おんな》の子《こ》なので、普通《ふつう》に考《かんが》えれば女子《じょし》トイレに入《はい》ったと思《おも》いますよね？　でも、それこそが**犯人**《はんにん》の罠《わな》なのです！」

そこで孔雀《くじゃく》くんは初《はじ》めて「犯人《はんにん》」という言葉《ことば》を使《つか》った。

この頃《ころ》には、みんなもわたしも「犯人《はんにん》は誰《だれ》なんだろう？」と気《き》になってしょうがなくなっていて、孔雀《くじゃく》くんの話《はなし》に夢中《むちゅう》になっちゃってた。

「目撃者《もくげきしゃ》のみなさんは、廊下《ろうか》のはなれた場所《ばしょ》から花子《はなこ》さんを見《み》ています。そして花子《はなこ》さんはトイレの方《ほう》へ向《む》かった——でも、よく考《かんが》えてみてください。男子《だんし》トイレと女子《じょし》トイレの入《い》り口《ぐち》は、ほとんど並《なら》んでいます。廊下《ろうか》のはなれた場所《ばしょ》……つまり横《よこ》から見《み》た場合《ばあい》、花子《はなこ》さんがどちらのトイレへ入《はい》ったのかは、はっきり見《み》えないんじゃないでしょうか？」

——朝礼《ちょうれい》の場《ば》が再《ふたた》び、ざわめきに包《つつ》まれる。

そこかしこから「あ、言《い》われてみれば！」だとか、「え？　どっちに入《はい》ったかなんて、ふつうに見《み》えるんじゃないか？」だとか、「バカ！　真横《まよこ》から見《み》たらわかんないじゃん！」だとかいった、様々《さまざま》な声《こえ》が聞《き》こえてくる。

「はっきり見《み》えないはずなのに、目撃者《もくげきしゃ》の皆《みな》さんは全員《ぜんいん》『花子《はなこ》さんが女子《じょし》トイレに入《はい》った』と言《い》っていました。これは、『花子《はなこ》さんは女子《じょし》だから女子《じょし》トイレに入《はい》る』という思《おも》い込《こ》みが原因《げんいん》です。――実際《じっさい》には、花子《はなこ》さんは……いや、犯人《はんにん》は男子《だんし》トイレに入《はい》ったのです！」

ビシッと空《そら》を指《ゆび》さすようなポーズを取《と》りながら、孔雀《くじゃく》くんが高《たか》らかに叫《さけ》んだ。

それに合《あ》わせたように、ざわめきがピタリと止《や》んだ。みんな、孔雀《くじゃく》くんの次《つぎ》の言葉《ことば》を待《ま》って

るんだ。もちろん、わたしも。

「男子《だんし》トイレに入《はい》った犯人《はんにん》は、そこで花子《はなこ》さんのカツラと衣装《いしょう》を脱《ぬ》ぐと、カバンにでも隠《かく》したのでしょう。そして、個室《こしつ》のどこかに身《み》をひそめた……。まわりから人《ひと》がいなくなるまで。そして誰《だれ》もいなくなってから、何食《なにく》わぬ顔《かお》で男子《だんし》トイレから出《で》たのでしょう。もし万《まん》が一《いち》誰《だれ》かにその姿《すがた》を見《み》られても、もう花子《はなこ》さんの格好《かっこう》をしていないのですから、疑《うたが》われることはありません。——完璧《かんぺき》な計画《けいかく》です」

心《こころ》の底《そこ》から「感心《かんしん》した」というような表情《ひょうじょう》を浮《う》かべる孔雀《くじゃく》くん。

一方《いっぽう》、わたしたちは——先生《せんせい》たちも、まったく口《くち》を開《ひら》かずに孔雀《くじゃく》くんの次《つぎ》の言葉《ことば》をじっと待《ま》っていた。

「この花子《はなこ》さんのカツラと衣装《いしょう》は、カギのかかっていない空《あ》き教室《きょうしつ》にしまってありました。なので、誰《だれ》でも持《も》ち出《だ》すことが可能《かのう》でした。犯人《はんにん》も、自分《じぶん》が持《も》ち出《だ》したことがバレるとは思《おも》っていないでしょう。でも、僕《ぼく》にはすでに犯人《はんにん》の目星《めぼし》がついています」

孔雀《くじゃく》くんのその言葉《ことば》に、またまた朝礼《ちょうれい》の場《ば》がざわめきに包《つつ》まれる。

——なんとなく、そこら中《ちゅう》から視線《しせん》を感《かん》じる。みんな、「この中《なか》に犯人《はんにん》がいるのかも」って気《き》になって、周囲《しゅうい》をチラチラと見《み》てるみたいだった。

なんだかイヤな空気《くうき》……

でも、孔雀《くじゃく》くんは、そんなみんなの反応《はんのう》も想定《そうてい》ずみだったらしい。

「あ、でもご心配《しんぱい》なく。先生方《せんせいがた》とも相談《そうだん》しましたが、犯人《はんにん》を捕《つか》まえるつもりはありません」

孔雀《くじゃく》くんのその言葉《ことば》で、みんないっせいに静《しず》まり返《かえ》った。

わたしも、エサを待《ま》ってるコイみたいにポカンと口《くち》が開《ひら》いちゃった。

だってそうでしょう？　犯人《はんにん》がわかってるなら「なんで捕《つか》まえないのか」って、誰《だれ》だって思《おも》うよね？

孔雀《くじゃく》くんも先生《せんせい》たちも、なんで犯人《はんにん》を捕《つか》まえようとしないのか、気《き》になって気《き》になって、みんなが朝礼台《ちょうれいだい》の孔雀《くじゃく》くんに注目《ちゅうもく》して次《つぎ》の言葉《ことば》を待《ま》っていた。

「花子《はなこ》さんのうわさ話《ばなし》で、みんな怖《こわ》い思《おも》いをしたことでしょう。学校《がっこう》を休《やす》みたくなった人《ひと》もいると聞《き》いています。でもまだ、実際《じっさい》の被害《ひがい》は出《で》ていません。花子《はなこ》さんの姿《すがた》にびっくりして転《ころ》んでケガをしてしまった人《ひと》でも出《で》ていれば別《べつ》ですが、幸《さいわ》いまだケガ人《にん》はいません。だから、犯人《はんにん》を許《ゆる》すことにしました」

孔雀《くじゃく》くんはそこで一度《いちど》言葉《ことば》を切《き》って、みんなを見回《みまわ》した。

「――でも、もしまた花子《はなこ》さんが姿《すがた》を現《あらわ》した時《とき》には、ようしゃしません。学校《がっこう》も、僕《ぼく》も、許《ゆる》しません」

シーンと静《しず》かだった朝礼《ちょうれい》の場《ば》が、さらに静《しず》かになる。

孔雀《くじゃく》くんの口調《くちょう》はやさしいままだったけど、どこかふしぎな迫力《はくりょく》があったから。ちょっと怖《こわ》いくらいに。

だから、低学年《ていがくねん》の一部《いちぶ》の子《こ》たち以外《いがい》は、孔雀《くじゃく》くんの言《い》いたいことを理解《りかい》できたんだと思《おも》う。

孔雀《くじゃく》くんは、こう言《い》っているんだ。「今《いま》ならまだ見逃《みのが》してやるから、もう花子《はなこ》さんのイタズラをやめろ」って。

「僕《ぼく》からのお話《はなし》は以上《いじょう》です」

孔雀《くじゃく》くんは深々《ふかぶか》とおじぎをすると、堂々《どうどう》とした歩《ある》き方《かた》で朝礼台《ちょうれいだい》から下《お》りていった――

九《きゅう》．花子《はなこ》さん退治《たいじ》（上《じょう》）

その日《ひ》の放課後《ほうかご》。わたしはひばりちゃんに呼《よ》び出《だ》されて、彼女《かのじょ》のクラスへやってきた。

他《ほか》の子《こ》はもうみんな帰《かえ》ったのか、教室《きょうしつ》にはひばりちゃん以外《いがい》、誰《だれ》もいない。

「すごい！　ひばりちゃんのお兄《にい》さん、すごい〜！」

わたしはとっても興奮《こうふん》してた。朝礼《ちょうれい》での孔雀《くじゃく》くんの「推理《すいり》」に、すっかり感動《かんどう》しちゃったから。

あの後《あと》、みんなの間《あいだ》では、孔雀《くじゃく》くんの「推理《すいり》」がすごく話題《わだい》になってた。当《あ》たり前《まえ》だよね。

一部《いちぶ》の人《ひと》たちは「あんなのへリクツだ」って認《みと》めなかったんだけど、ほとんどの人《ひと》は孔雀《くじゃく》くんの話《はなし》を受《う》け入《い》れてたみたい。

その証拠《しょうこ》に、もうほとんどの人《ひと》は花子《はなこ》さんを怖《こわ》がってなかった！

「あんなお話《はなし》一《ひと》つで、みんなの恐怖《きょうふ》をおさえちゃうなんて……わたし、すっごく感動《かんどう》した〜！

まさか、先生《せんせい》たちも巻《ま》きこんで、朝礼《ちょうれい》であんな話《はなし》をするなんて〜！」

大興奮《だいこうふん》するわたし。でも、ひばりちゃんはなぜか冷《さ》めた表情《ひょうじょう》のままだ。

なんでだろう？　と思《おも》ったけど、その理由《りゆう》はすぐにわかった。

「まぁ、ほとんどがハッタリなのだけれど」

「ハッタリ……？」

「ええ。綾里《あやさと》さんも知《し》っての通《とお》り、花子《はなこ》さんはもう実際《じっさい》に『いる』わ。それを『誰《だれ》かのイタズラ』だって話《はなし》にでっちあげたのよ、あいつは。天性《てんせい》のサギ師《し》だわ」

「えええええっ⁉」

ひばりちゃんの言葉《ことば》に驚《おどろ》きながらも、わたしは「あ、確《たし》かに」とも思《おも》い始《はじ》めていた。

だって、孔雀《くじゃく》くんの推理《すいり》だけだと、わたしが見《み》た「トイレの花子《はなこ》さん」の説明《せつめい》はつかないんだもん。

あの花子《はなこ》さんは確《たし》かに女子《じょし》トイレにいたし、あの目《め》も鼻《はな》も口《くち》もない、「点《てん》」しかない顔《かお》は変《へん》装《そう》じゃむずかしいし。

だから、あれが「誰《だれ》かのイタズラ」のはずはないんだよね。

でも、孔雀《くじゃく》くんの「推理《すいり》」には、それが本当《ほんとう》の答《こた》えだと思《おも》えるような説得力《せっとくりょく》があった。ひばりちゃんに言《い》われるまで、わたしも「へぇ、そうなんだ」と思《おも》っちゃってたくらいに。

「孔雀《くじゃく》の推理《すいり》はね、全部《ぜんぶ》『後付《あとづ》け』なのよ。そこにある『謎《なぞ》』の答《こた》えとして都合《つごう》のいい証拠《しょうこ》を、いろいろな所《ところ》から引《ひ》っ張《ぱ》り出《だ》してきて、それらしく見《み》せるのが悪魔的《あくまてき》に上手《うま》いの。『犯人《はんにん》は分《わ》かってる』というのも、もちろんハッタリ。**この事件《じけん》に犯人《はんにん》なんていない**のだから」

「そういえば……」

「我《わ》が兄《あに》ながら、あれはろくな大人《おとな》にならないわね。先生《せんせい》たちもすっかりだましてしまって。

——まあ、それが今回《こんかい》は私《わたし》たちの助《たす》けになるのだけれど。さぁ、行《い》くわよ綾里《あやさと》さん」

「へっ？　行《い》くって……どこに？」

わたしのその反応《はんのう》に、ひばりちゃんは意味《いみ》ありげにほほ笑《え》むと、こう言《い》った。

「トイレの花子《はなこ》さんを退治《たいじ》しにいくに、決《き》まってるじゃない」

＊＊＊

ひばりちゃんとわたしは、三階《さんかい》のトイレの前《まえ》へとやってきていた。花子《はなこ》さんが出《で》た、あのトイレだ。

他《ほか》の子《こ》たちは、もうそのほとんどが下校《げこう》しているのか、姿《すがた》が見《み》えない。

——そして、花子《はなこ》さんの姿《すがた》もなかった。

「……いないね、花子《はなこ》さん。もしかして、みんなが『花子《はなこ》さんはいない』って認識《にんしき》したから、消《き》えのかな～？」

「前《まえ》に話《はな》した通《とお》り、そんな簡単《かんたん》には消《き》えないわ」

「だよね……」

前《まえ》にひばりちゃんから聞《き》いた話《はなし》を思《おも》い出《だ》す。

花子《はなこ》さんのように「実体《じったい》」を持《も》ってしまったお化《ば》けを消《け》すには、「うわさ話《ばなし》」をおさめた上《うえ》で「倒《たお》す」必要《ひつよう》があるらしい。

……今《いま》さらだけど、本当《ほんとう》に「花子《はなこ》さんを倒《たお》す」なんてこと、できるのかな？　そもそも、姿《すがた》が見《み》えないし。

「今《いま》は一時的《いちじてき》に力《ちから》が弱《よわ》まって、見《み》えにくくなっているだけよ。花子《はなこ》さんを『倒《たお》す』には、まずは出《で》てきてもらわないといけない」

「ど、どうやって出《で》てきてもらうの？」

「簡単《かんたん》よ。お化《ば》けはね、呼《よ》べば出《で》てくるのよ」

そう言《い》うと、ひばりちゃんはきれいな鈴《すず》の音《ね》みたいな声《こえ》で、こんな言葉《ことば》をささやいた。

「トイレの花子《はなこ》さん――出《で》てらっしゃいな。そこにいるのは、わかっているわ」

すると――

「きゃっ!?」

わたしは思《おも》わず悲鳴《ひめい》を上《あ》げてしまった――だって、しょうがないじゃない？

今《いま》まで何《なに》もいなかったはずの女子《じょし》トイレの中《なか》に、花子《はなこ》さんがいきなり出《で》てきたんだもん！

おかっぱ頭《あたま》に赤《あか》い吊《つ》りスカート。真《ま》っ白《しろ》な顔《かお》の上《うえ》には、黒《くろ》い穴《あな》にしか見《み》えない目《め》と鼻《はな》と口《くち》が、くっきりと浮《う》かんでいる。

わたしが前《まえ》に見《み》た通《とお》りの姿《すがた》だった。

「で、出《で》た～!? ひ、ひばりちゃん、出《で》た、出《で》たよ～!?」

「それはそうよ、私《わたし》が呼《よ》んだのだから出《で》てきてもらわないと困《こま》るわ。──さあ、綾里《あやさと》さん。少《すこ》し下《さ》がっていてね？ ここからは少《すこ》し、荒《あら》っぽくなるから」

そう言《い》いながら、身構《みがま》えるひばりちゃん。

えっ？ もしかしてひばりちゃんが戦《たたか》うの……？ やっぱり神社《じんじゃ》の娘《むすめ》だから、何《なに》かすごい「おはらい」ができたりするのかな？

そんなことを考《かんが》えながら、わたしがひばりちゃんの後《うし》ろでワタワタしていると──

『ニャーオ』

突然《とつぜん》、かわいらしい猫《ねこ》の鳴《な》き声《ごえ》が女子《じょし》トイレに響《ひび》いた。

いつの間《ま》にやらひばりちゃんの足元《あしもと》に、神社《じんじゃ》で会《あ》った黒白《くろしろ》の猫《ねこ》──クロウさんが座《すわ》っている。

えっ、さっきまで確《たし》かにいなかったはずなのに？ いつの間《ま》に……？

思《おも》わず目《め》をこすってみたけど、クロウさんはやっぱりそこにいた。まぼろしとか、そういうものじゃないらしい。

「――クロウさん、見《み》ての通《とお》り強敵《きょうてき》よ。気《き》を引《ひ》きしめて頼《たの》むわね」

ひばりちゃんの声《こえ》にこたえるように、クロウさんが「ニャーン」と鳴《な》いて――いきなり巨《きょ》大化《だいか》した。

「おおおおお、おっきくなった～!?」

ふつうの猫《ねこ》ちゃんと同《おな》じ大《おお》きさだったクロウさんが、大型犬《おおがたけん》くらいの大《おお》きさになっちゃった！

びっくりしすぎて、腰《こし》が抜《ぬ》けるかと思《おも》ったよ！

ワタワタするわたしをよそに、クロウさんが身《み》を沈《しず》みこませ――飛《と》んだ！

わたしの目《め》の前《まえ》で、「猫又《ねこまた》」対《たい》「トイレの花子《はなこ》さん」の妖怪大決戦《ようかいだいけっせん》が始《はじ》まろうとしていた。

十《じゅう》. 花子《はなこ》さん退治《たいじ》（下《げ》）

わたしの目《め》の前《まえ》で、信《しん》じられない光景《こうけい》がくり広《ひろ》げられていた。

片方《かたほう》は、巨大化《きょだいか》した猫《ねこ》の「クロウさん」。

もう一方《いっぽう》は、学校《がっこう》の怪談《かいだん》「トイレの花子《はなこ》さん」。

その二人《ふたり》（？）が、小学校《しょうがっこう》の女子《じょし》トイレで激《はげ》しい戦《たたか》いをくり広《ひろ》げてるなんて、きっと友《とも》だちに話《はな》しても信《しん》じてもらえないと思《おも》う。

でも、これは現実《げんじつ》。実際《じっさい》に、わたしの目《め》の前《まえ》で起《お》こっていることだった。

クロウさんがするどい爪《つめ》で花子《はなこ》さんを切《き》り裂《さ》こうとすれば、花子《はなこ》さんはそれをギリギリのところでかわして、逆《ぎゃく》にクロウさんを爪《つめ》で引《ひ》っかこうと反撃《はんげき》する。

クロウさんもヌルリとした動《うご》きでそれをかわすと、いったん後《うし》ろにジャンプして距離《きょり》を取《と》り、「しきり直《なお》し」の姿勢《しせい》をとる。

そんな攻防《こうぼう》が、すでに十回以上《じっかいいじょう》はくり返《かえ》されている。どちらの動《うご》きもとっても速《はや》くて、わたしは目《め》で追《お》うのが精一杯《せいいっぱい》！

「ク、クロウさん、がんばって～！」

手《て》に汗《あせ》にぎりながら、わたしは自然《しぜん》とクロウさんを応援《おうえん》した。

けど、それがいけなかった。

応援《おうえん》の声《こえ》が気《き》になったのか、花子《はなこ》さんは真《ま》っ黒《くろ》い穴《あな》のような両目《りょうめ》をわたしに向《む》けると――いきおいよく飛《と》びかかってきた！

「きゃっ――!?」

クロウさんの頭上《ずじょう》を飛《と》び越《こ》えておそいかかってくる花子《はなこ》さんの姿《すがた》に、思《おも》わず悲鳴《ひめい》を上《あ》げながら身《み》をすくめる。正直《しょうじき》、「あ、死《し》んだ」って思《おも》ったよ！

でもね――

「させないわ！」

すかさず、ひばりちゃんがわたしの前《まえ》に立《た》ちはだかって、花子《はなこ》さんに手《て》の平《ひら》を向《む》けた。

そうしたら、花子《はなこ》さんが見《み》えないかべにでも当《あ》たったみたいにはじき飛《と》ばされて、元《もと》いた辺《あた》りまで吹《ふ》っ飛《と》んでいった！

えっ、今《いま》の何《なに》!?　ひばりちゃん、何《なに》をやったの!?

「綾里《あやさと》さん、危《あぶ》ないから……応援《おうえん》は、心《こころ》の中《なか》で」

「ご、ごめんなさい！」

怒《おこ》られちゃった……でも、今《いま》のはわたしが悪《わる》いよね。

わたしは反省《はんせい》すると、両手《りょうて》で口《くち》をふさいで声《こえ》が出《で》ないようにしながら、クロウさんと花子《はなこ》さんの戦《たたか》いを見守《みまも》り始《はじ》めた。

――クロウさんと花子《はなこ》さんの戦《たたか》いを見《み》ていて、なんとなく気付《きづ》いたことがある。この戦《たたか》い、たぶんだけど先《さき》に相手《あいて》を爪《つめ》で引《ひ》っかいた方《ほう》が勝《か》つ。

理由《りゆう》はわからないけど、クロウさんの爪《つめ》にも花子《はなこ》さんの爪《つめ》にも、それだけの「力《ちから》」があるように見《み》えた。

その証拠《しょうこ》、じゃないけど、花子《はなこ》さんとクロウさんの爪《つめ》がかすったトイレのかべが、ざっくりとえぐれてるんだもん！

もし、あの爪《つめ》が自分《じぶん》の体《からだ》に届《とど》いてたら……うん、やっぱり死《し》んでたよね、たぶん。助《たす》けてくれたひばりちゃんに感謝《かんしゃ》しないと。

クロウさんは、元々《もともと》「実体《じったい》」を持《も》つ猫《ねこ》の妖怪《ようかい》だから、その爪《つめ》が物《もの》を壊《こわ》したり傷付《きずつ》けたりできるのはわかる。

でも、花子《はなこ》さんは「元々《もともと》いないもの」なんだよね。本当《ほんとう》はいない存在《そんざい》なのに、それが今《いま》は、実際《じっさい》にかべに傷《きず》を残《のこ》してる！

ひばりちゃんが言《い》っていたように、花子《はなこ》さんは「実体《じったい》」を持《も》ち始《はじ》めてるってことなんだろうね。

だから、クロウさんだって花子《はなこ》さんの爪《つめ》で引《ひ》っかかれたら、きっと無事《ぶじ》じゃすまないんだ。

あのかわいらしい黒白猫《くろしろねこ》のクロウさんが、花子《はなこ》さんの爪《つめ》で引《ひ》き裂《さ》かれるところなんて、見《み》たくない。

（がんばって、クロウさん！）

わたしがもう一度《いちど》、今度《こんど》は声《こえ》に出《だ》さずにクロウさんを応援《おうえん》した、その時《とき》。一進一退《いっしんいったい》だった戦《たたか》いに変化《へんか》が起《お》こった。

クロウさんが、深《ふか》く深《ふか》く体《からだ》を沈《しず》み込《こ》ませるような姿勢《しせい》を取《と》る。テレビでライオンとか虎《とら》みたいな猫科《ねこか》の動物《どうぶつ》が、獲物《えもの》を狙《ねら》う時《とき》に似《に》たようなポーズになってたのを見《み》たことがある。

だからきっと、クロウさんは次《つぎ》の一撃《いちげき》で勝負《しょうぶ》を決《き》めるつもりなんだ！

一方《いっぽう》の花子《はなこ》さんも、クロウさんのその構《かま》えに反応《はんのう》したのか構《かま》えを変《か》える。

今《いま》まではずっと、両手《りょうて》をだらりと下《さ》げている無防備《むぼうび》な姿勢《しせい》だったのに、今《いま》は両手《りょうて》を高《たか》く頭《あたま》の上《うえ》にかかげる姿勢《しせい》に変《か》わっていた。

全力《ぜんりょく》でクロウさんを迎《むか》え撃《う》つつもりなんだと思《おも》う。

――そして、クロウさんが跳《と》んだ！

クロウさんはそのまま、口《くち》を大《おお》きく開《あ》けて花子《はなこ》さんに飛《と》びかかる！　爪《つめ》で引《ひ》き裂《さ》くんじゃなくて、そのするどい牙《きば》で花子《はなこ》さんにかみつくつもりみたい！

でもでも、花子《はなこ》さんはそれを読《よ》んでいたのか、両手《りょうて》を大《おお》きく上《あ》げた状態《じょうたい》から一瞬《いっしゅん》にして床《ゆか》に張《は》り付《つ》くように伏《ふ》せてしまった。

クロウさんの攻撃《こうげき》が空振《からぶ》りに終《お》わり、その無防備《むぼうび》な体《からだ》に花子《はなこ》さんの爪《つめ》が迫《せま》る。けれども、クロウさんの攻撃《こうげき》はこれで終《お》わりじゃなかった！

攻撃《こうげき》をかわされたクロウさんは、そのまま天井《てんじょう》まで飛《と》んでいって体《からだ》を反転《はんてん》！　足《あし》で天井《てんじょう》をけって勢《いきお》いをつけると、再《ふたた》び花子《はなこ》さんへと飛《と》びかかった！

天井《てんじょう》から跳《は》ね返《かえ》るような動《うご》きを見《み》せたクロウさんに対《たい》して、すっかりタイミングを狂《くる》わされた花子《はなこ》さんの爪《つめ》の一撃《いちげき》は届《とど》かなくて――代《か》わりに、クロウさんの爪《つめ》が花子《はなこ》さんを頭《あたま》から足元《あしもと》まで一直線《いっちょくせん》に切《き》り裂《さ》いた！

『ギャアアアアアアア!!』

体《からだ》を切《き》り裂《さ》かれた花子《はなこ》さんは、最後《さいご》にそんなものすごい叫《さけ》び声《ごえ》をあげると、黒《くろ》いモヤになって消《き》えていった。

まるで、そこには初《はじ》めから何《なん》もいなかったんじゃないかって思《おも》うくらい、シミの一《ひと》つも残《のこ》さないで。

本当《ほんとう》に、まぼろしみたいに消《き》えてしまった。

「……勝《か》った、の？」

おそるおそる、ひばりちゃんにたずねてみる。すると――

「ええ、クロウさんの……私《わたし》たちの勝《か》ちよ。これでもう、『トイレの花子《はなこ》さん』が現《あらわ》れることは、当分《とうぶん》の間《あいだ》ないはずよ」

そこで初《はじ》めて、ひばりちゃんはにっこりと満面《まんめん》の笑《え》みを見《み》せてくれた。

「花《はな》がほころぶような笑顔《えがお》」って、きっとこういう顔《かお》を言《い》うんだって思《おも》える、すてきな笑顔《えがお》だった。

「クロウさん、おつかれさま。ケガは……ないみたいね。予想外《よそうがい》に強敵《きょうてき》だったわ」

「ありがとうクロウさん～！」

いつの間《ま》にか元《もと》のサイズに戻《もど》ったクロウさんが、わたしたちの足元《あしもと》までやってきた。

わたしが頭《あたま》をやさしくナデナデしてあげると、クロウさんはのどをゴロゴロと鳴《な》らして喜《よろこ》んでくれた。

う～ん、やっぱりかわいいなぁ、クロウさん。

「さて、二人《ふたり》とも。さっさとこの場《ば》から立《た》ち去《さ》るわよ。――無事《ぶじ》に花子《はなこ》さんを倒《たお》したけど、トイレの中《なか》がずいぶんと荒《あ》れてしまったわ。この犯人《はんにん》にされちゃ、たまらないわ」

「確《たし》かに……」

ひばりちゃんの言《い》う通《とお》り、女子《じょし》トイレの中《なか》はあちこち引《ひ》っかき傷《きず》だらけになっていた。

それほど深《ふか》い傷《きず》ではないけど、かべは塗《ぬ》り直《なお》しが必要《ひつよう》だと思《おも》う。もし、わたしたちのしわざだってことにされたら、きっと大変《たいへん》だ。

わたしたちは、そそくさとその場《ば》を後《あと》にした。

ううっ、花子《はなこ》さんとの戦《たたか》いには勝《か》ったけど、ちょっと負《ま》けた気分《きぶん》……

十一《じゅういち》．ミステリー倶楽部《クラブ》の誕生《たんじょう》

「二人《ふたり》とも、おつかれさま」

わたしとひばりちゃんが校門《こうもん》から逃《に》げるように帰《かえ》ろうとした、その時《とき》。わたしたちを呼《よ》び止《と》める声《こえ》が聞《き》こえた。

ドキッとしながら振《ふ》り返《かえ》ると、そこにいたのはなんと、ひばりちゃんのお兄《にい》さんの孔雀《くじゃく》くんだった。

「君《きみ》が綾里心《あやさとこころ》ちゃんだね？　はじめまして、僕《ぼく》は八重垣孔雀《やえがきくじゃく》。ひばりの兄《あに》です。——今回《こんかい》は、大変《たいへん》だったね？　怖《こわ》かったろう？」

「は、はじめまして！　あ、あの……今回《こんかい》は助《たす》けていただいたみたいで……ありがとうございました～！」

「ははっ！　なに、学校《がっこう》の平和《へいわ》のためだからね。軽《かる》いものさ。あと、僕《ぼく》も同《おな》い年《どし》だから、敬語《けいご》はいらないよ」

そう言《い》いながら、スッと手《て》をさしだす孔雀《くじゃく》くん。どうやら、わたしに握手《あくしゅ》を求《もと》めているらしい。

——正直《しょうじき》、同年代《どうねんだい》の男《おとこ》の子《こ》と握手《あくしゅ》するのはちょっと恥《は》ずかしい。しかも相手《あいて》は、孔雀《くじゃく》くんという超美少年《ちょうびしょうねん》！　自然《しぜん》と顔《かお》は熱《あつ》くなって。胸《むね》もドキドキし始《はじ》めて……。

それでも、なんとかその手《て》をおそるおそるにぎり返《かえ》す。

「よろしくね、心《こころ》ちゃん」

「あ、はい！　よろしく……！」

近《ちか》くで見《み》ると、孔雀《くじゃく》くんは本当《ほんとう》に美少年《びしょうねん》だった。双子《ふたご》だから当《あ》たり前《まえ》だけど、ひばりちゃんとどこか似《に》てるし。

背《せ》はひばりちゃんよりさらに高《たか》くて、たぶん中学生《ちゅうがくせい》の人《ひと》たちと同《おな》じくらい？　髪《かみ》はふわふわで笑顔《えがお》はやわらか。しかもなんか、いいにおいまでする！

一部《いちぶ》の女子《じょし》からは「猫ヶ丘小の王子《ねこがおかしょうのおうじ》」なんて呼《よ》ばれてるらしいけど、それも納得《なっとく》。ひばりちゃんとそろって、どこかの国《くに》のお姫《ひめ》さまと王子《おうじ》さまだって言《い》われたら、きっと信《しん》じちゃうよ！

「ちょっと孔雀《くじゃく》、女《おんな》の子《こ》の手《て》をいつまでにぎっているつもり？」

「ああ、失礼《しつれい》。ごめんね、心《こころ》ちゃん」

「えっ、全然《ぜんぜん》！　全然大丈夫《ぜんぜんだいじょうぶ》だから！」

ひばりちゃんに言《い》われて、孔雀《くじゃく》くんとわたしはお互《たが》いの手《て》をパッとはなす。

むしろ、わたしの方《ほう》が孔雀《くじゃく》くんの手《て》をにぎにぎしてた感《かん》じだったから、なんとなく後《うし》ろめたい。

というか、もしかしてひばりちゃん、お兄《にい》さんが他《ほか》の女《おんな》の子《こ》と仲良《なかよ》くするのが好《す》きじゃない感《かん》じ？

こんなカッコいいお兄《にい》さんなら、心配《しんぱい》にもなるかもね……なんて思《おも》ってたら、ひばりちゃんがとんでもないことを言《い》い出《だ》した。

「綾里《あやさと》さん……いいえ、心《こころ》ちゃんは私《わたし》の友《とも》だちなんだから、あまりべたべたしないでちょうだい」

え、もしかしてひばりちゃん、孔雀《くじゃく》くんが他《ほか》の子《こ》と仲良《なかよ》くしてるのがイヤなんじゃなくて、わたしが他《ほか》の人《ひと》と仲良《なかよ》くしてるのがイヤなの……？

うわ、なんか、くすぐったいやらうれしいやら。まだ知《し》り合《あ》って数日《すうじつ》だけど、ちゃんとわたしのこと友《とも》だちだと思《おも》ってくれてるんだ！

「ふふっ、いい友《とも》だちができたみたいだね、ひばり」

「……うるさい」

孔雀《くじゃく》くんもそのことに気付《きづ》いたのか、すかさずひばりちゃんをからかい始《はじ》める。

ひばりちゃんはというと、ちょっと不機嫌《ふきげん》そうな顔《かお》をしてそっぽを向《む》いちゃったんだけど

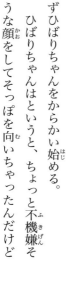

……耳《みみ》が真《ま》っ赤《か》になってる！

うう、なんてかわいい人《ひと》なんだろう……！

＊＊＊

「ええっ⁉　孔雀《くじゃく》くんにはお化《ば》けが見《み》えないの？」

「ああ、まったく見《み》えないよ」

その日《ひ》の帰《かえ》り道《みち》、わたしは八重垣兄妹《やえがききょうだい》と一緒《いっしょ》に下校《げこう》することになった。

それでいろいろと話《はな》してたんだけど、なんとびっくり、孔雀《くじゃく》くんは妹《いもうと》のひばりちゃんとちがって、お化《ば》けはまったく見《み》えないらしい。

「神社《じんじゃ》の息子《むすこ》さんなのに？」

「あはは、神社《じんじゃ》の血筋《ちすじ》であってもお化《ば》けが見《み》えるとはかぎらないんだよ？　現《げん》に、僕《ぼく》らの両親《りょうしん》も、おじいちゃんやおばあちゃんも、幽霊《ゆうれい》や妖怪《ようかい》の類《たぐい》はまったく見《み》えないんだ。――ひばりだけが、ご先祖様《せんぞさま》の才能《さいのう》を受《う》け継《つ》いでいるんだね、うん」

ひばりちゃんのことなのに、孔雀《くじゃく》くんはまるで自分《じぶん》のことのように胸《むね》を張《は》った。ひばりちゃんは自慢《じまん》の妹《いもうと》さんらしい。

まあ、それもそうだよね。お姫《ひめ》さまみたいにきれいで、やさしくて、しかも妖怪退治《ようかいたいじ》までできちゃうんだから！

——あ、そうだ。妖怪《ようかい》と言《い》えば、一《ひと》つ気《き》になることがあった。

「ええと、そうすると孔雀《くじゃく》くんには、クロウさんの姿《すがた》も見《み》えないの？」

「ああ、ひばりと仲良《なかよ》しさんの黒白猫《くろしろねこ》くんのことだね？　うん！　まったくもって見《み》えないね！　鳴《な》き声《ごえ》すら聞《き》こえないよ」

ハッハッハッ！　と笑《わら》いながら答《こた》える孔雀《くじゃく》くん。それに不満《ふまん》をうったえるみたいに、ひばりちゃんの足元《あしもと》を歩《ある》いていたクロウさんが「ニャー」と鳴《な》いた。

けれど、孔雀《くじゃく》くんはそれにまったく反応《はんのう》を示《しめ》さない。どうも、本当《ほんとう》に姿《すがた》も見《み》えないし声《こえ》も聞《き》こえないらしいね。

「クロウさん、こんなにかわいくてモフモフなのに……。でも、ご両親《りょうしん》もおじいさんやおばあさんも、お化《ば》けやクロウさんが見《み》えないんだよね？　全部《ぜんぶ》、ひばりちゃんにしか見《み》えない。それなのにどうして、孔雀《くじゃく》くんはお化《ば》けやクロウさんの存在《そんざい》を信《しん》じてるの？　見《み》えないのに」

——そう。わたしには、それが一番《いちばん》ふしぎだった。

家族《かぞく》の中《なか》で、お化《ば》けや妖怪《ようかい》の姿《すがた》はひばりちゃんにしか見《み》えない。それなのに、孔雀《くじゃく》くんはお化《ば》けや妖怪《ようかい》の存在《そんざい》を信《しん》じている。

わたしの家族《かぞく》なんて、いくらわたしが「お化《ば》けが見《み》える」って言《い》っても、これっぽっちも信《しん》じてくれなかったのに。

すると孔雀《くじゃく》くんは「おかしなことを聞《き》くんだね」とでも言《い》いたげな表情《ひょうじょう》を見《み》せながら、こう答《こた》えた。

「そりゃあ、ひばりが『見《み》える』『いる』って言《い》ってるんだから、信《しん》じる以外《いがい》の選択肢《せんたくし》なんてないよ。妹《いもうと》は、ウソをつくような子《こ》じゃないからね」

「――っ」

その瞬間《しゅんかん》、わたしには孔雀《くじゃく》くんが、とても「お兄《にい》さん」に見《み》えた。

それに、ほんの一瞬《いっしゅん》だけ、わたしのとなりを歩《ある》くひばりちゃんの口元《くちもと》に笑《え》みが浮《う》かんだのも見《み》えた。

なんだかんだ言《い》って、この兄妹《きょうだい》は仲《なか》がいいらしい。一人《ひとり》っ子《こ》のわたしには、それがとってもうらやましく思《おも》えた。

＊＊＊

「家《いえ》まで送《おく》ってくれて、ありがとう」

「近所《きんじょ》だもの、気《き》にしないで」

「そうそう。それに、治安《ちあん》のいい鎌倉《かまくら》とはいえ、女《おんな》の子《こ》の一人歩《ひとりある》きは危《あぶ》ないからね」

結局《けっきょく》、わたしは家《いえ》まで八重垣兄妹《やえがききょうだい》に送《おく》ってもらっていた。

その間《あいだ》、いろいろな話《はなし》をした。二人《ふたり》のこと、神社《じんじゃ》のこと、そしてお化《ば》けや妖怪《ようかい》のこと。

驚《おどろ》いたことに、この二人《ふたり》は今《いま》までにも何体《なんたい》かのお化《ば》けや妖怪《ようかい》を「倒《たお》して」いるらしい。

なんでも、鎌倉猫ヶ丘小学校《かまくらねこがおかしょうがっこう》とその周辺《しゅうへん》には、わたしのように霊《れい》が「視《み》えて」しまう子《こ》が他《ほか》にもいて、似《に》たような騒動《そうどう》が起《お》こりかけたことが何度《なんど》もあるんだとか。

その度《たび》に孔雀《くじゃく》くんが「推理《すいり》」でうわさ話《ばなし》をおさめ、ひばりちゃんとクロウさんが「実体化《じったいか》」しかけた妖怪《ようかい》を倒《たお》していたのだとか。

——その話《はなし》を聞《き》いて、わたしの中《なか》にある考《かんが》えが浮《う》かんだ。

「あ、あの！　ひばりちゃん、孔雀《くじゃく》くん！　わたしにも、お化《ば》け退治《たいじ》って手伝《てつだ》えないかな？」

「「ええっ!?」」

わたしの提案《ていあん》が意外《いがい》だったのか、八重垣兄妹《やえがききょうだい》の声《こえ》が見事《みごと》にハモった。こういうところも、なんとも兄妹《きょうだい》っぽくてちょっと面白《おもしろ》い。

「だって、わたしもその、霊力《れいりょく》？　が強《つよ》いんでしょう？　だったら、これからもお化《ば》けを視《み》ちゃうかもしれないし……。それなら、いっそのこと二人《ふたり》を最初《さいしょ》から手伝《てつだ》った方《ほう》が安全《あんぜん》かな～って。……だめ、かな？」

わたしの言葉《ことば》に、ひばりちゃんと孔雀《くじゃく》くんが顔《かお》を見合《みあ》わせる。

そして——

「いいえ、大歓迎《だいかんげい》よ。私以外《わたしいがい》にも視《み》える人《ひと》がいた方《ほう》が、妖怪退治《ようかいたいじ》の成功率《せいこうりつ》が上《あ》がるし」

「——と、ひばりも言《い》っていることだし、僕《ぼく》も異論《いろん》はないよ。というか、ふむ……せっかく三人《さんにん》になるんなら、思《おも》い切《き》って部活動《ぶかつどう》にでもしてみようか？」

と、ここで孔雀《くじゃく》くんが更《さら》に意外《いがい》な提案《ていあん》をしてきた。

「部活動《ぶかつどう》？　どういうこと、孔雀《くじゃく》くん」

「さっきも話《はな》したけど、猫ヶ丘小学校《ねこがおかしょうがっこう》ではお化《ば》けや妖怪関連《ようかいかんれん》のトラブルが多《おお》いんだ。僕《ぼく》はもっともらしい『推理《すいり》』をして、『誰《だれ》かのイタズラ』だとか『なにかの偶然《ぐうぜん》』だとか、先生《せんせい》や他《ほか》の子《こ》たちに思《おも》いこませているんだけど……いっそのこと、そういう部活《ぶかつ》を作《つく》ってしまえばいいのさ！　『お化《ば》けなんていません。何《なに》か他《ほか》の原因《げんいん》があるんです。僕《ぼく》たちがその謎《なぞ》を解《と》いてみせます』って」

孔雀《くじゃく》くんのだいたんなアイディアに、今度《こんど》はわたしとひばりちゃんが顔《かお》を見合《みあ》わせた。

面白《おもしろ》そうな話《はなし》だけど、そんなあやしい部活《ぶかつ》なんて、先生《せんせい》たちが許《ゆる》してくれるだろうか？

けれども——

「よ〜し！　さっそく、明日《あす》にでも先生《せんせい》たちに話《はな》してみるよ！　安心《あんしん》して？　先生《せんせい》たちからの信頼《しんらい》はあるんだ！　ド〜ンと大船《おおぶね》に乗《の》ったつもりで、朗報《ろうほう》を待《ま》ってて！」

ビシッと親指《おやゆび》を立《た》てて自信満々《じしんまんまん》に宣言《せんげん》する孔雀《くじゃく》くん。

そしてその宣言《せんげん》の通《とお》り、孔雀《くじゃく》くんはその週《しゅう》の内《うち》に、先生《せんせい》たちから部活動《ぶかつどう》の設立《せつりつ》を勝《か》ち取《と》ってしまった！

ウソみたいな、本当《ほんとう》の話《はなし》！

——これが、「鎌倉猫ヶ丘小学校《かまくらねこがおかしょうがっこう》ミステリー倶楽部《クラブ》」ができるまでの物語《ものがたり》。

この日《ひ》から、わたしとひばりちゃんと孔雀《くじゃく》くん、そしてクロウさんの妖怪退治《ようかいたいじ》の日々《ひび》が始《はじ》まったんだ。
もし、お化《ば》けや妖怪《ようかい》を見《み》てしまったら、わたしたちのところに相談《そうだん》に来《き》てね！
できるだけ早《はや》く、取《と》り返《かえ》しが付《つ》かなくなる前《まえ》に、ね。

第二話《だいにわ》　誰《だれ》もいない音楽室《おんがくしつ》からピアノの音《おと》が……

一《いち》・ミステリー倶楽部《クラブ》へようこそ！

まだ梅雨《つゆ》の真《ま》っ最中《さいちゅう》なのに晴天《せいてん》が続《つづ》く、七月頭《しちがつあたま》のある日《ひ》のこと。

わたしは孔雀《くじゃく》くんに呼《よ》ばれて、学校《がっこう》の四階《よんかい》のすみにある、ふだんは使《つか》われていない教室《きょうしつ》の前《まえ》までやってきていた。

大昔《おおむかし》の鎌倉猫ヶ丘小学校《かまくらねこがおかしょうがっこう》にはクラスが六《むっ》つもあって、教室《きょうしつ》がいっぱい必要《ひつよう》だったらしい。でも、今《いま》は各学年《かくがくねん》に三《さん》クラスずつしかないから、空《あ》き教室《きょうしつ》がたくさんある。

それで、孔雀《くじゃく》くんは先生《せんせい》たちを説得《せっとく》して、その空《あ》き教室《きょうしつ》の一《ひと》つを「ミステリー倶楽部《クラブ》」の部室《ぶしつ》にしてもらったんだとか。わたしたちのための、わたしたちだけの部室《ぶしつ》なんて、すごい特別《とくべつ》扱《あつか》いに思《おも》える。

ホント、孔雀《くじゃく》くんって何者《なにもの》なんだろう……

「これでよし、と」

その孔雀《くじゃく》くんは、部室《ぶしつ》のドアに部《ぶ》の名前《なまえ》を書《か》いた看板《かんばん》をセットして、ウンウンとうなずいていた。

看板《かんばん》にはそのまんまのことが書《か》いてある。「鎌倉猫ヶ丘小学校《かまくらねこがおかしょうがっこう》ミステリー倶楽部《クラブ》」って。

……知《し》らない人《ひと》が見《み》たら、ちょっとあやしく思《おも》うだろうなぁ。

「あら、もう終《お》わったのね」

「あ、ひばりちゃん」

その時《とき》、わたしたちに少《すこ》し遅《おく》れて、ひばりちゃんがやってきた。

いつもと同《おな》じように花柄《はながら》の着物《きもの》を着《き》ていて、お人形《にんぎょう》さんみたいにきれい！

彼女《かのじょ》の足《あし》もとには、全身《ぜんしん》がほぼ黒《くろ》くて、鼻《はな》と胸《むね》とお腹《なか》と、足《あし》の先《さき》の一部《いちぶ》だけが白《しろ》い猫《ねこ》ちゃん
――クロウさんがいた。

ふつうの猫《ねこ》ちゃんだったら「学校《がっこう》に猫《ねこ》をつれてくるな！」って先生《せんせい》に怒《おこ》られちゃうけど、クロウさんは「猫又《ねこまた》」という妖怪《ようかい》。だから、わたしやひばりちゃんみたいに「霊力《れいりょく》」っていう、お化《ば》けを「視《み》る」力《ちから》を持《も》ってない人《ひと》には見《み》えない。

――逆《ぎゃく》に言《い》えば、クロウさんが視《み》える人《ひと》がいたら、それは霊力《れいりょく》の持《も》ち主《ぬし》ってことになる。

「さあ、二人《ふたり》とも入《はい》って入《はい》って」

孔雀《くじゃく》くんが扉《とびら》を開《あ》けて部室《ぶしつ》の中《なか》に入《はい》っていく。わたしはひばりちゃんとうなずき合《あ》ってから、それに続《つづ》いた。

「わあ、本当《ほんとう》に『空《あ》き教室《きょうしつ》』って感《かん》じ」

部室《ぶしつ》の中《なか》を見《み》た、わたしの第一声《だいいちせい》がこれ。だって、部室《ぶしつ》の中《なか》には本当《ほんとう》に何《なに》もなかったんだもん。

……もっと正確《せいかく》に言《い》うと、使《つか》われてない机《つくえ》やイスが教室《きょうしつ》の後《うし》ろの方《ほう》にまとめられているけど、それだけ。本当《ほんとう》に使《つか》ってない教室《きょうしつ》だったみたい。

でもなぜか、エアコンは設置《せっち》されてる。……使《つか》ってない教室《きょうしつ》なのに、なんで？

「あら、空《あ》き教室《きょうしつ》なのにエアコンはあるのね」

ひばりちゃんも同《おな》じことを思《おも》ったのか、そんなことを言《い》った。

すると、孔雀《くじゃく》くんがちょっとだけ悪《わる》そうな笑《え》みを浮《う》かべながら、こう答《こた》えた。

「うん、本当《ほんとう》は何《なに》かの特別教室《とくべつきょうしつ》にする予定《よてい》だったらしいからね。でも、その予定《よてい》がなくなったんだそうだよ」

「なるほど。じゃあ、『渡《わた》りに船《ふね》』ってわけね」

「ああ。せっかくエアコンを設置《せっち》したのに使《つか》い道《みち》がなくなって、学校《がっこう》でも困《こま》ってたらしいんだ。この手《て》の機械《きかい》は、定期的《ていきてき》に使《つか》ってないとすぐにダメになるからね」

——鎌倉猫ヶ丘小学校《かまくらねこがおかしょうがっこう》では、各《かく》クラスが使《つか》ってる教室《きょうしつ》にエアコンが設置《せっち》されてる。けど、図《ず》工室《こうしつ》や理科室《りかしつ》には最近《さいきん》までエアコンがなくて、夏《なつ》は暑《あつ》くて大変《たいへん》だった。

低学年《ていがくねん》の時《とき》は、夏《なつ》の図工室《ずこうしつ》に行《い》くの、いやだったなぁ。この部室《ぶしつ》でも暑《あつ》い思《おも》いをしなくてすむのは助《たす》かる。

「ああ、でも教室《きょうしつ》のエアコンと同《おな》じで、スイッチは先生《せんせい》に入《い》れてもらわないとダメだよ」

「なんだ〜。自由《じゆう》に使《つか》えるわけじゃないんだね」

てっきりエアコンは自分《じぶん》たちで自由《じゆう》に使《つか》えるものと思《おも》ってたから、わたしはちょっとがっかりしちゃった。

「そこはしょうがないさ。カギも毎日《まいにち》、職員室《しょくいんしつ》へ取《と》りに行《い》く。エアコンを使《つか》いたい時《とき》は、誰《だれ》か手《て》の空《あ》いてる先生《せんせい》にたのめばいいってさ」

「カギは誰《だれ》が取《と》りに行《い》くの？」

と、これはひばりちゃん。なんとなくだけど、「私《わたし》は行《い》かないわよ」という圧《あつ》を感《かん》じるよ

……

「あはは、そこは僕《ぼく》が取《と》りに行《い》くから、安心《あんしん》して。でも、僕《ぼく》が何《なに》かの用事《ようじ》でいない時《とき》は、ひばりか心《こころ》ちゃんがたのむよ」

「……仕方《しかた》ないわね」

「りょーかい！」


——そんなこんなで、「鎌倉猫ヶ丘小学校《かまくらねこがおかしょうがっこう》ミステリー倶楽部《クラブ》」の最初《さいしょ》の一日《いちにち》は過《す》ぎていった。

みんなでそうじをしたり、机《つくえ》とイスを整理《せいり》して過《す》ごしやすくしたり。

少《すこ》しだけなら私物《しぶつ》を置《お》いてもいいそうなので、じゃあ何《なに》を置《お》こうかと相談《そうだん》したり……

なんか、こういうのってとっても楽《たの》しい！

でもでも、これはただの準備《じゅんび》でしかない。ミステリー倶楽部《クラブ》は「学校《がっこう》の怖《こわ》いうわさ」を解決《かいけつ》するために作《つく》ったんだから、まだ本当《ほんとう》の活動《かつどう》を始《はじ》めたわけじゃないんだよね。

というか、そもそもの話《はなし》だけど、こんなできたばかりのあやしげな部活《ぶかつ》に相談《そうだん》する人《ひと》なんて、本当《ほんとう》に来《く》るのかな？

＊＊＊

次《つぎ》の日《ひ》、わたしはいそいそとミステリー倶楽部《クラブ》の部室《ぶしつ》へと向《む》かった。

「こんにちは〜」

「あら、心《こころ》ちゃん。早《はや》いわね」

「こんにちは、心《こころ》ちゃん。今日《きょう》もよろしくね」

ひばりちゃんと孔雀《くじゃく》くんはもう部室《ぶしつ》に来《き》ていて、くつろいでいた。

孔雀《くじゃく》くんはなにやらスマホをいじっていて、ひばりちゃんは窓際《まどぎわ》に置《お》いたイスに座《すわ》って何《なに》かの文庫本《ぶんこぼん》を読《よ》んでいる。ひばりちゃんの膝《ひざ》の上《うえ》では、クロウさんが気持《きも》ちよさそうに寝《ね》ていた。

……というか、学校《がっこう》にスマホって持《も》ってきちゃいけないんじゃ？

わたしのそんな視線《しせん》に気付《きづ》いたのか、孔雀《くじゃく》くんが「ああ、これ？」とスマホをかかげて見《み》せた。

「部《ぶ》の活動《かつどう》で調《しら》べものをしたり、写真《しゃしん》や動画《どうが》を記録《きろく》したりする必要《ひつよう》があるって主張《しゅちょう》したら、持《も》ってきてもいいって言《い》ってもらえたんだ」

「えっ、そんな簡単《かんたん》に許可《きょか》もらえるの？　じゃあ、わたしも……」

「残念《ざんねん》ながら、部《ぶ》を代表《だいひょう》して僕《ぼく》のスマホだけって条件《じょうけん》つきなんだ」

「あっ、そうなんだ……」

ちょっと残念《ざんねん》。

同級生《どうきゅうせい》の中《なか》には、家《いえ》が遠《とお》いからってスマホの持《も》ち込《こ》みを許可《きょか》してもらってる子《こ》もいる。けど、そういう事情《じじょう》がないかぎりは、学校《がっこう》へのスマホ持《も》ち込《こ》みは禁止《きんし》なのだ。

……勝手《かって》に持《も》ってきてる悪《わる》い子《こ》もいるけど！

「まっ、それ以外《いがい》の私物《しぶつ》の持《も》ち込《こ》みはオッケーなんだから、よしとしようよ」

「それもそうか～。孔雀《くじゃく》くんたちは、何《なに》を持《も》ってきたの？」

「僕《ぼく》もひばりも、イスに敷《し》く用《よう》の座布団《ざぶとん》と、あとコップを持《も》ってきたよ」

そう言《い》いながら、孔雀《くじゃく》くんが窓際《まどぎわ》に置《お》かれた机《つくえ》の方《ほう》に目《め》を向《む》けた。つられて、わたしもそっちを見《み》る。

そこには、おじいちゃんが使《つか》ってそうなしぶい灰色《はいいろ》のお湯《ゆ》のみと、かわいい黒猫《くろねこ》が描《えが》かれた白《しろ》いマグカップが置《お》いてあった。多分《たぶん》だけど、お湯《ゆ》のみが孔雀《くじゃく》くんので、マグカップがひばりちゃんのだと思《おも》う。

「あはは、みんな考《かんが》えることは同《おな》じだね。わたしも、家《いえ》から使《つか》ってないクッションとマグカップを持《も》ってきたの！」

ランドセルとは別《べつ》に持《も》ってきたトートバッグから中身《なかみ》を出《だ》す。

わたしが取《と》り出《だ》したのは、ピンクのカバーがかかった小《ちい》さなクッションと、同《おな》じくピンク色《いろ》のマグカップだった。

さっそくマグカップを机《つくえ》の上《うえ》に、クッションを椅子《いす》の上《うえ》に置《お》く。

……うん！　味気《あじけ》なかった部室《ぶしつ》が、少《すこ》しだけ明《あか》るくなった気《き》がする！

「これでゆっくりくつろげるね！」

「あはは、心《こころ》ちゃん。何《なに》もない時《とき》はくつろいでてもいいけど、この部《ぶ》をつくった理由《りゆう》も忘《わす》れないでね」

「あっ……それは、もちろん。でもでも、孔雀《くじゃく》くん。こんな、できたばっかりの部活《ぶかつ》に相談《そうだん》する人《ひと》なんて、いるのかな？」

わたしは昨日《きのう》も思《おも》った疑問《ぎもん》を、すなおに孔雀《くじゃく》くんにぶつけてみた。

すると――

「もちろん。実《じつ》はね、うわさ好《ず》きな友《とも》だちの何人《なんにん》かに、この部活《ぶかつ》のことをすでに伝《つた》えてあるんだ。だからきっと、今日明日《きょうあす》にでも依頼人《いらいにん》が来《く》ると思《おも》うよ」

「ええ～？　ホントに～？」

孔雀《くじゃく》くんがあまりにも自信満々《じしんまんまん》に言《い》うものだから、わたしはちょっとからかい気味《ぎみ》にそんなことを言《い》っちゃった。

と、その時《とき》。

――コンコン。

「えっ」

誰《だれ》かが部室《ぶしつ》のドアをノックした！

ええっ!?　なになに!?　まるで狙《ねら》ってたみたいなタイミング！

「ほら、さっそくお客《きゃく》さんだよ。さあ、ひばり、心《こころ》ちゃん。ミステリー倶楽部《クラブ》の最初《さいしょ》の依頼人《いらいにん》だよ」

孔雀《くじゃく》くんは立《た》ち上《あ》がると、ドアの向《む》こうの誰《だれ》かに「どうぞ」と呼《よ》びかけた。

ややあって、ガラガラとドアが開《ひら》く。

いよいよ、わたしたち「鎌倉猫ヶ丘小学校《かまくらねこがおかしょうがっこう》ミステリー倶楽部《クラブ》」の初仕事《はつしごと》が始《はじ》まる……！

二《に》、円堂茉祐《えんどうまゆ》ちゃんには悩《なや》みがある

「し、失礼《しつれい》します……」

消《き》え入《い》りそうな声《こえ》と共《とも》に部室《ぶしつ》のドアが開《ひら》く。そこから現《あらわ》れたのは、わたしも顔《かお》を知《し》っている女《おんな》の子《こ》だった。

「ようこそ！　鎌倉猫《かまくらねこ》ヶ丘《がおか》小学校《しょうがっこう》ミステリー倶楽部《クラブ》へ！」

孔雀《くじゃく》くんが部室《ぶしつ》の真《ま》ん中《なか》で仁王立《におうた》ちしながら彼女《かのじょ》を出《で》むかえる。……というか、なんで仁王《におう》立《だ》ち？

やってきた女《おんな》の子《こ》の方《ほう》も、ちょっととまどってるみたい。

それはそうだよね、部屋《へや》に入《はい》ったらニッコニコの美少年《びしょうねん》が仁王立《におうだ》ちして待《ま》ちかまえてたんだもん。

わたしでも、ちょっとびっくりすると思《おも》う。

「あ、あの……私《わたし》……」

「円堂茉祐《えんどうまゆ》さん、だよね？　まあ、まずは座《すわ》って座《すわ》って」

孔雀《くじゃく》くんが、その女《おんな》の子《こ》の名前《なまえ》を呼《よ》びながら、イスをすすめる。なんだ、孔雀《くじゃく》くんもこの子《こ》のことを知《し》ってたんだ。

彼女《かのじょ》は円堂茉祐《えんどうまゆ》ちゃん。わたしたちと同《おな》じ五年生《ごねんせい》の子《こ》だ。

ちょっと茶色《ちゃいろ》っぽいセミロングの髪《かみ》に、いつも大《おお》きなピンクのリボンをつけているのが特徴《とくちょう》。

おっとりしてて、とってもかわいい子《こ》なので友《とも》だちも多《おお》い。

「ええっ!? どうして私《わたし》の名前《なまえ》を知《し》ってるんですか?」

茉祐《まゆ》ちゃんが孔雀《くじゃく》くんの言葉《ことば》に驚《おどろ》く。気《き》のせいか、ちょっとほっぺたが赤《あか》くなってる。

孔雀《くじゃく》くんが自分《じぶん》の名前《なまえ》を知《し》っててくれたことがうれしいみたい。

うんうん、学校一《がっこういち》のイケメンだもんね、孔雀《くじゃく》くん。そんな人《ひと》が名前《なまえ》を覚《おぼ》えててくれたら、ちょっとときめいちゃうよね。

茉祐《まゆ》ちゃんの方《ほう》もかわいいから、男子《だんし》に人気《にんき》があるし。孔雀《くじゃく》くんが知《し》っていてもおかしくはないんだよね。

う〜ん、孔雀《くじゃく》くんも男《おとこ》の子《こ》だったかぁ。

——なんて思《おも》ったんだけど、孔雀《くじゃく》くんが彼女《かのじょ》の名前《なまえ》を知《し》っているのは、全然《ぜんぜん》ちがう理由《りゆう》だった。

「うん。この学校《がっこう》の児童《じどう》の名前《なまえ》と顔《かお》は、大体覚《だいたいおぼ》えてるから」

「「えっ」」

孔雀《くじゃく》くんの言葉《ことば》に、わたしと茉祐《まゆ》ちゃんの口《くち》から、同時《どうじ》に声《こえ》がもれた。

鎌倉猫《かまくらねこ》ヶ《が》丘小学校《おかしょうがっこう》の児童数《じどうすう》は、だいたい五百四十人《ごひゃくよんじゅうにん》ほど。孔雀《くじゃく》くんはそのほとんどを覚《おぼ》えているのだという。

……本当《ほんとう》かな？　ひばりちゃんが言《い》うには、孔雀《くじゃく》くんはけっこう「ハッタリ」を使《つか》ったりもするらしいから、どうなんだろう？

「さて、こちらも自己紹介《じこしょうかい》しないとね。僕《ぼく》は――」

「あっ！　だ、大丈夫《だいじょうぶ》です！　三人《さんにん》とも、知《し》ってますから。八重垣孔雀《やえがきくじゃく》くんと、妹《いもうと》さんのひばりさん。それと……綾里心《あやさとこころ》さんですよね？　孔雀《くじゃく》くんたちは有名《ゆうめい》ですし、綾里《あやさと》さんとは同《おな》じクラスになったことがあるから」

「なるほど、それなら自己紹介《じこしょうかい》はいらないね。……それじゃあ、さっそく本題《ほんだい》に入《はい》ろうか――心《こころ》ちゃん、円堂《えんどう》さんにもお茶《ちゃ》を」

「は～い！」

孔雀《くじゃく》くんに言《い》われて、わたしは部活用《ぶかつよう》の荷物《にもつ》を入《い》れてあるトートバッグに手《て》をのばした。

中《なか》に入《はい》っているのは、大《おお》きめのステンレスボトル。中身《なかみ》は、冷《つめ》たい麦茶《むぎちゃ》！

——ミステリー倶楽部《クラブ》をつくった時《とき》、わたしたちはそれぞれの役割《やくわり》を決《き》めていた。

孔雀《くじゃく》くんは部長《ぶちょう》。

ひばりちゃんは副部長《ふくぶちょう》。

そしてわたしは……お茶係《ちゃがかり》！

部活《ぶかつ》の時《とき》、お茶《ちゃ》くらいなら持《も》ってきて飲《の》んでいいと先生《せんせい》から言《い》われていたので、わたしからお茶係《ちゃがかり》に立候補《りっこうほ》した。

お茶《ちゃ》をいれるのはわたしの趣味《しゅみ》なので、二人《ふたり》に自慢《じまん》のお茶《ちゃ》をごちそうしてあげる！　って思《おも》ったんだ。

わたしはまだ、お化《ば》けのこともよくわかってないし、孔雀《くじゃく》くんみたいな「推理《すいり》」もできない。

だからせめて、二人《ふたり》においしいお茶《ちゃ》をごちそうしてあげたかった。

みんなで持《も》ってきたマグカップは、このためのものだったりする。

「茉祐《まゆ》ちゃん、麦茶《むぎちゃ》は飲《の》める？　よかったら、どうぞ」

「あ、ありがとうございます。……いただきます」

お客《きゃく》さん用《よう》の白《しろ》いマグカップに麦茶《むぎちゃ》をつぎ、茉祐《まゆ》ちゃんに手渡《てわた》す。ついでに自分《じぶん》たちのマグカップにも麦茶《むぎちゃ》をついで回《まわ》る。

そんなわたしを横目《よこめ》に、茉祐《まゆ》ちゃんが麦茶《むぎちゃ》を一口《ひとくち》――

「あっ、おいしい」

「でしょでしょ～？　うちの自慢《じまん》の麦茶《むぎちゃ》なんだ～！　本当《ほんとう》は学校《がっこう》でいれたいんだけど、火《ひ》も電《でん》気《き》ポットも使《つか》わせてもらえないから、朝《あさ》、家《いえ》でいれてきてるの！」

心《こころ》の中《なか》でガッツポーズを決《き》めながら、茉祐《まゆ》ちゃんに笑《わら》いかける。茉祐《まゆ》ちゃんもにっこりと笑顔《えがお》を返《かえ》してくれた。

最初《さいしょ》はちょっと緊張《きんちょう》してたみたいだけど、リラックスできたみたい！

――そして、それを待《ま》っていたかのように孔雀《くじゃく》くんが話《はな》し始《はじ》めた。

「さて、円堂《えんどう》さん。ここに来《き》たということは、何《なに》かふしぎな現象《げんしょう》に悩《なや》まされてる、ということでいいのかな？」

「は、はい！　あの……私《わたし》、聴《き》いちゃったんです！　誰《だれ》もいないはずの音楽室《おんがくしつ》から響《ひび》く、ピアノの音《おと》を！」

「……ふむ、詳《くわ》しく聞《き》かせてくれるかな？」

孔雀《くじゃく》くんの言葉《ことば》にコクリとうなずくと、茉祐《まゆ》ちゃんは自分《じぶん》が体験《たいけん》したふしぎな現象《げんしょう》について話《はな》し始《はじ》めた。

＊＊＊

それは、先週《せんしゅう》の放課後《ほうかご》のこと。ちょうど、「トイレの花子《はなこ》さん」騒動《そうどう》がおさまった翌日《よくじつ》の話《はなし》らしい。

茉祐《まゆ》ちゃんは五年二組《ごねんにくみ》のクラス委員《いいん》をやっていて、その日《ひ》は委員《いいん》のお仕事《しごと》で遅《おそ》くまで学校《がっこう》に残《のこ》っていたんだって。

委員《いいん》のお仕事《しごと》もようやく終《お》わり、さて帰《かえ》ろうとなったところで、茉祐《まゆ》ちゃんは教室《きょうしつ》に忘《わす》れ物《もの》をしていたことに気付《きづ》いた。

一人《ひとり》、夕方《ゆうがた》の校舎《こうしゃ》の中《なか》を、三階《さんかい》の自分《じぶん》の教室《きょうしつ》へと向《む》かう茉祐《まゆ》ちゃん。すると、教室《きょうしつ》の前《まえ》まで来《き》たところで、ピアノの音《おと》が聞《き》こえてきたらしい。どうも、音楽室《おんがくしつ》の方《ほう》から聞《き》こえてくるように感《かん》じたんだとか。

音楽室《おんがくしつ》は四階《よんかい》にある。五年《ごねん》二組《にくみ》の教室《きょうしつ》から近《ちか》い階段《かいだん》を上《のぼ》ってすぐの場所《ばしょ》。だから、音楽室《おんがくしつ》の音《おと》が聞《き》こえること自体《じたい》は、別《べつ》にふしぎなことじゃなかった。

けど――

『こんな遅《おそ》くまで、誰《だれ》か練習《れんしゅう》してるのかな？』

茉祐《まゆ》ちゃんはなぜだかピアノの音《おと》が気《き》になってしまって、音楽室《おんがくしつ》の様子《ようす》を見《み》に行《い》ってしまった。

なんの曲《きょく》を弾《ひ》いているのか、気《き》になっちゃったのかもね。

茉祐《まゆ》ちゃんが階段《かいだん》を上《のぼ》って四階《よんかい》へ向《む》かうと、ピアノの音《おと》も大《おお》きくなった。

そこでようやく、茉祐《まゆ》ちゃんは曲《きょく》がなんなのか気付《きづ》いた。ショパンって作曲家《さっきょくか》の「別《わか》れの曲《きょく》」って曲《きょく》。

悲《かな》しいメロディだけど、いい曲《きょく》だよね！　わたしも好《す》きだなぁ。

……で、ここからが本題《ほんだい》らしい。

音楽室《おんがくしつ》の前《まえ》につくと、茉祐《まゆ》ちゃんはおかしなことに気付《きづ》いた。ピアノの音《おと》がしているのに、音楽室《おんがくしつ》の中《なか》は暗幕《あんまく》がきちんと閉《し》められて、真《ま》っ暗《くら》だった。

――その時《とき》、茉祐《まゆ》ちゃんは前《まえ》に友《とも》だちから聞《き》いた、ある「学校《がっこう》の怪談《かいだん》」を思《おも》い出《だ》しちゃったんだって。


『誰《だれ》もいない放課後《ほうかご》の音楽室《おんがくしつ》で、お化《ば》けがピアノを弾《ひ》いていることがある』


『まさか、ね。お化《ば》けなんているはずないし』

茉祐《まゆ》ちゃんはそんな軽《かる》い気持《きも》ちで、音楽室《おんがくしつ》のドアのガラス窓《まど》から、中《なか》をのぞいてみた。茉祐《まゆ》ちゃんの背中側《せなかがわ》から差《さ》す外《そと》の光《ひかり》が、ぼんやりと音楽室《おんがくしつ》の中《なか》を照《て》らしだす。

――そこで茉祐《まゆ》ちゃんは見《み》てしまった。

音楽室《おんがくしつ》のピアノの前《まえ》で、ゆらゆらとゆれる人影《ひとかげ》を。

でも、その人影《ひとかげ》はなんだかペラペラしていて、真《ま》っ黒《くろ》だった。

それが、一生懸命《いっしょうけんめい》にピアノを弾《ひ》いていたんだとか！

そこから先のことを、茉祐《まゆ》ちゃんはよく覚《おぼ》えていないらしい。

一目散《いちもくさん》に家《いえ》に逃《に》げ帰《かえ》って、その日《ひ》はガタガタふるえながら眠《ねむ》ったんだって。

(気《き》のせい！　あれは何《なに》かの見《み》まちがい！)

必死《ひっし》にそう自分《じぶん》に言《い》い聞《き》かせながら。

そして翌日《よくじつ》。茉祐《まゆ》ちゃんは、イヤだと思《おも》いながらも登校《とうこう》した。さすがはクラス委員《いいん》だね。こういう時《とき》でも真面目《まじめ》。

でも、教室《きょうしつ》に入《はい》ったとたん、茉祐《まゆ》ちゃんは気付《きづ》いてしまったらしい。

――まだ、あのピアノの音《おと》が聞《き》こえることに！

さすがにおかしいと思《おも》って、茉祐《まゆ》ちゃんはクラスメイトにおそるおそる、こうたずねた。

「ピアノの音《おと》が聞《き》こえない？」って。

けれども、返《かえ》ってきた答《こた》えは全部《ぜんぶ》ノー。クラスの誰《だれ》も、ピアノの音《おと》なんて聞《き》こえないと答《こた》えたのだとか。

しかも、そのピアノの音《おと》は、翌日《よくじつ》も、そのまた次《つぎ》の日《ひ》も……そして今朝《けさ》も聞《き》こえたらしい。

もちろん、茉祐《まゆ》ちゃん以外《いがい》のクラスメイトの誰《だれ》も、それが聞《き》こえなかった――

＊＊＊

「なるほど……円堂《えんどう》さんにしか聞《き》こえないピアノの音《おと》、ね。念《ねん》のため確認《かくにん》だけど、ひばりと心《こころ》ちゃんはどうだい？　今朝《けさ》、ピアノの音《おと》が聞《き》こえたりは――」

「しなかったわね」

「わたしも～」

「ふむ。僕《ぼく》もピアノの音《おと》が聞《き》こえた記憶《きおく》はないな。なるほど、確《たし》かにこれはふしぎな事件《じけん》だ」

茉祐《まゆ》ちゃんの話《はなし》を聞《き》き終《お》えて、孔雀《くじゃく》くんが真剣《しんけん》な表情《ひょうじょう》で考《かんが》え込《こ》む。

「ちなみに、ひばりと心《こころ》ちゃんは、茉祐《まゆ》ちゃんの言《い》った怪談話《かいだんばなし》を聞《き》いたことは？」

「私《わたし》はないわね」

「あっ、わたしはある、かも？　音楽室《おんがくしつ》にお化《ば》けが出《で》るって話《はなし》は、聞《き》いたことがあるような、ないような……」

ひばりちゃんは知《し》らないみたいだけど、わたしはちょっとだけ覚《おぼ》えがあった。

茉祐《まゆ》ちゃんが言《い》ってたのと同《おな》じ話《はなし》かどうかは自信《じしん》がないけど、音楽室《おんがくしつ》にお化《ば》けが出《で》るって話《はなし》は聞《き》いたことある。

「ふむ、一部《いちぶ》でだけ有名《ゆうめい》な怪談《かいだん》なのかもね。さて、円堂《えんどう》さん。確認《かくにん》するけど、今朝《けさ》聞こえたピアノの音《おと》も、『別《わか》れの曲《きょく》』だったのかい？」

「……たぶん、そうです」

「なるほど、なるほど……ふむふむ」

「あ、あの。これってやっぱり、本物《ほんもの》のお化《ば》けのしわざなんじゃ……」

うんうんと考《かんが》えだした孔雀《くじゃく》くんを見《み》て、茉祐《まゆ》ちゃんが不安《ふあん》を口《くち》にする。かわいそうに、顔色《かおいろ》がすっかり真《ま》っ青《さお》だ。

でも、孔雀《くじゃく》くんは怖《こわ》がってる女《おんな》の子《こ》を放《ほう》っておくような男《おとこ》の子《こ》じゃなかった。

「大丈夫《だいじょうぶ》だよ、円堂《えんどう》さん。僕《ぼく》に任《まか》せて」

そう言《い》いながら、孔雀《くじゃく》くんは茉祐《まゆ》ちゃんの手《て》を取《と》って、王子《おうじ》さまみたいな笑顔《えがお》を浮《う》かべた！

それを見《み》た茉祐《まゆ》ちゃんの顔色《かおいろ》が、一気《いっき》に青《あお》から赤《あか》に変《か》わっていく。

わあ、孔雀《くじゃく》くんの笑顔《えがお》って、破壊力《はかいりょく》バツグンだぁ……

「実《じっ》はね、もうすでに心当《こころあ》たりがいくつかあるんだ。——ちょっと確認《かくにん》してくるから、ひばり、心《こころ》ちゃん。その間《あいだ》、円堂《えんどう》さんのことをよろしく！」

そんな言葉《ことば》だけ残《のこ》して、孔雀《くじゃく》くんはあっと言《い》う間《ま》に部室《ぶしつ》を出《で》て行《い》ってしまった。

後《あと》に残《のこ》されたのは、わたしたち三人《さんにん》だけ。

ちょ、ちょっと孔雀《くじゃく》くん？　行動《こうどう》が早《はや》いのはいいけど、茉祐《まゆ》ちゃん置《お》いてけぼりだよ!?

「え、ええと……」

孔雀《くじゃく》くんが突然《とつぜん》いなくなっちゃったから、茉祐《まゆ》ちゃんはポカーンと口《くち》を開《あ》けたままだ。あちこち視線《しせん》をさまよわせて……ひばりちゃんの方《ほう》を見《み》て、ようやく止《と》まる。

「そ、その猫《ねこ》ちゃん、かわいいですね！」

ひばりちゃんのマグカップに描《えが》かれている黒猫《くろねこ》に気付《きづ》いたのか、茉祐《まゆ》ちゃんがそんなことを言《い》った。

なんか、必死《ひっし》に話題《わだい》を探《さが》してくれたみたい！

言《い》われた方《ほう》のひばりちゃんも反応《はんのう》に困《こま》ってるし……

うう、しょうがない。ここはわたしが場《ば》を盛《も》り上《あ》げないと！

もう、孔雀《くじゃく》くん！　早《はや》く戻《もど》ってきてー！

三《さん》．曲《きょく》がちがう！

「――やあ、待《ま》たせたね」

結局《けっきょく》、孔雀《くじゃく》くんが戻《もど》ってきたのは十分《じっぷん》以上《いじょう》たってからだった。

「もう、孔雀《くじゃく》くん！　本当《ほんとう》に待《ま》ったよ～。せめてどこに行《い》くかくらい、言《い》ってよね～」

思《おも》わず口《くち》から文句《もんく》が出《で》てしまう。

だって、孔雀《くじゃく》くんがいない間《あいだ》、わたしは茉祐《まゆ》ちゃんが不安《ふあん》にならないように、あれやこれやおしゃべりしたり、お茶《ちゃ》のおかわりをいれてあげたり、大変《たいへん》だったんだもん！

ひばりちゃんは人見知《ひとみし》りだから、あまりおしゃべりしてくれなかったし……

「ごめんごめん！　ちょっと職員室《しょくいんしつ》に行《い》っていたんだ。――でも、そのおかげでなんとなく円堂《えんどう》さんが見《み》たものの正体《しょうたい》がわかってきたよ」

「ええっ!?　ほ、本当《ほんとう》ですか？」

孔雀《くじゃく》くんの言葉《ことば》に、茉祐《まゆ》ちゃんがびっくりする。それはそうだよね、相談《そうだん》してから十分《じっぷん》と少《すこ》しの時間《じかん》で「お化《ば》けの正体《しょうたい》がわかってきた」なんて言《い》われたら。

「うん。だから円堂《えんどう》さん、追加《ついか》でいくつか質問《しつもん》させてもらっていいかな？」

茉祐《まゆ》ちゃんがコクリとうなずく。

「じゃあ、まずは……円堂《えんどう》さんは、『空耳《そらみみ》』が多《おお》い方《ほう》かな？」

「空耳《そらみみ》、ですか？　ええと、聞《き》きまちがいとか、そういうの？」

「ああ、そっちじゃなくてね。『他《ほか》の人《ひと》には聞《き》こえない音《おと》が聞《き》こえる』方《ほう》」

「ああ……はい。実《じつ》は、小《ちい》さな頃《ころ》から、私《わたし》には聞《き》こえるのに他《ほか》の人《ひと》には聞《き》こえない、みたいなことがよくありました。でも、ピアノの音《おと》みたいにはっきりした音《おと》は、今《いま》まで聞《き》いたことありません」

「ふむふむ。小《ちい》さい頃《ころ》に聞《き》こえた音《おと》って、例《たと》えばどんなもの？」

「ええと……例《たと》えば、遠《とお》くに救急車《きゅうきゅうしゃ》のサイレンみたいな音《おと》が聞《き》こえたり、人《ひと》の話《はな》し声《ごえ》っぽいものが聞《き》こえたり」

「なるほどね」

孔雀《くじゃく》くんが茉祐《まゆ》ちゃんの話《はなし》を聞《き》きながら、なにやらうんうんとうなずいている。

けれども、茉祐《まゆ》ちゃんの方《ほう》はだんだん不安《ふあん》な顔《かお》になっていた。

「あの……私《わたし》、確《たし》かに空耳《そらみみ》が多《おお》くて、お父《とう》さんやお母《かあ》さんには『それは気《き》のせいだよ』って、ずっと言《い》われてきたんです。もしかして、今回《こんかい》のも私《わたし》の気《き》のせいなんでしょうか？」

——茉祐《まゆ》ちゃんが何《なに》を不安《ふあん》に思《おも》っているのか、わたしにはわかってしまった。

わたしには小《ちい》さい頃《ころ》からお化《ば》けが視《み》えた。

けど、お父《とう》さんもお母《かあ》さんも、おじいちゃんもおばあちゃんもそれを信《しん》じてくれなかった。

全部《ぜんぶ》、わたしの空想《くうそう》や気《き》のせいだと思《おも》われた。わたしはそれが、とてもとてもイヤだった。

自分《じぶん》にははっきり見《み》えたり聞《き》こえたりしているのに、周《まわ》りの大切《たいせつ》な人《ひと》たちにそれを理解《りかい》してもらえないのは、とても辛《つら》いことだから。

きっと、茉祐《まゆ》ちゃんも同《おな》じような気持《きも》ちなんだと思《おも》う。

……孔雀《くじゃく》くん、まちがっても「うん、きっとピアノの音《おと》も音楽室《おんがくしつ》の人影《ひとかげ》も気《き》のせいだよ！」なんて、言《い》わないであげてよ！

けど、わたしのそんな心配《しんぱい》は空振《からぶ》りに終《お》わりそうだった。

孔雀《くじゃく》くんが、不安《ふあん》そうな茉祐《まゆ》ちゃんの手《て》をしっかりにぎって、こう言《い》ったから。

「——さて。じゃあ、円堂《えんどう》さん。今回《こんかい》の『事件《じけん》』の謎《なぞ》を解《と》きに、音楽室《おんがくしつ》まで行《い》ってみようか」

＊＊＊

ということで、わたしたち四人《よにん》は音楽室《おんがくしつ》へと向《む》かっていた。

鎌倉猫ヶ丘小学校《かまくらねこがおかしょうがっこう》の建物《たてもの》は、上《うえ》から見《み》ると大《おお》きなコの字型《じがた》になってて、ミステリー倶楽部《クラブ》があるのはその片方《かたほう》のはしっこ。音楽室《おんがくしつ》は反対側《はんたいがわ》のはしっこにある。

だから、音楽室《おんがくしつ》までは廊下《ろうか》をぐるりと歩《ある》く必要《ひつよう》があった。

先頭《せんとう》は孔雀《くじゃく》くん、その後《うし》ろに彼《かれ》に手《て》を引《ひ》かれた茉祐《まゆ》ちゃん。さらにその後《うし》ろに、わたしとひばりちゃんが続《つづ》いた。

放課後《ほうかご》の廊下《ろうか》には誰《だれ》もいない。けど、途中《とちゅう》の教室《きょうしつ》には何人《なんにん》か残《のこ》ってるみたいだった。委員会《いいんかい》とか部活《ぶかつ》で残《のこ》ってる人《ひと》がいるのかな？

外《そと》は、梅雨時《つゆどき》とは思《おも》えない晴《は》れ。日《ひ》が長《なが》くなってるから、窓《まど》からはたくさんの日《ひ》の光《ひかり》が差《さ》し込《こ》んできて、廊下《ろうか》を明《あか》るく照《て》らしている。

「どうだい？　円堂《えんどう》さん。何《なに》か聞《き》こえる？」

「いいえ……まだ、何《なに》も」

部室《ぶしつ》を出《で》てしばらくしたところで孔雀《くじゃく》くんがたずねたけど、茉祐《まゆ》ちゃんは首《くび》を横《よこ》に振《ふ》った。

わたしの耳《みみ》にも何《なに》も聞《き》こえない。となりのひばりちゃんの方《ほう》を見《み》ると、やっぱり首《くび》を横《よこ》に振《ふ》る。どうやら、まだ誰《だれ》も何《なに》も聞《き》こえないらしい。

——異変《いへん》は音楽室《おんがくしつ》まであと半分《はんぶん》くらい、という所《ところ》で起《お》こった。

「あっ⁉」

茉祐《まゆ》ちゃんが突然《とつぜん》、そんな叫《さけ》び声《ごえ》を上《あ》げて立《た》ち止《ど》まってしまった。何事《なにごと》かと思《おも》って茉祐《まゆ》ちゃんの方《ほう》を見《み》ると、彼女《かのじょ》は体《からだ》をがたがたとふるわせて、耳《みみ》をすましていた。

これって、もしかしなくても？

「き、聞《き》こえてきました！　やだ！　ピアノの音《おと》が、かすかだけど‼」

「円堂《えんどう》さん、落《お》ち着《つ》いて！　……確《たし》かに聞《き》こえるんだね？」

孔雀《くじゃく》くんが茉祐《まゆ》ちゃんの手《て》をしっかりにぎり直《なお》しながらたずねる。

かわいそうに、それでも茉祐《まゆ》ちゃんはガタガタふるえたまま、壊《こわ》れたオモチャみたいに首《くび》をぶんぶん縦《たて》に振《ふ》っている。よっぽど怖《こわ》いんだと思《おも》う。

「ひばりと心《こころ》ちゃんには、聞《き》こえるかい？」

茉祐《まゆ》ちゃんをなだめながら、孔雀《くじゃく》くんがわたしたちにもたずねてくる。けど、やっぱりわたしには何《なに》も聞《き》こえない。ひばりちゃんも同《おな》じみたいで、無言《むごん》で首《くび》を横《よこ》に振《ふ》っている。

どうやら本当《ほんとう》に、茉祐《まゆ》ちゃんにしか聞《き》こえないピアノの音《おと》が響《ひび》いてるらしい。

けど、孔雀《くじゃく》くんにはまったくあわてた様子《ようす》がない。むしろ、いつもの自信満々《じしんまんまん》そうな顔《かお》をしてた。

孔雀《くじゃく》くんは茉祐《まゆ》ちゃんのほっぺたにそっとふれると、とってもやさしい声《こえ》でこう言《い》った。

「円堂《えんどう》さん、落《お》ち着《つ》いて。ピアノの音《おと》が聞《き》こえるのはわかった。でもそれは、いつも聞《き》こえていた『別《わか》れの曲《きょく》』かな？」

「……え？」

「曲《きょく》をよく聞《き》いてごらん」

孔雀《くじゃく》くんの言葉《ことば》に、茉祐《まゆ》ちゃんがまた耳《みみ》をすまし始《はじ》める。するとややあってから茉祐《まゆ》ちゃんが「あっ」とかわいらしい声《こえ》を上《あ》げた。

「……ちがう、『別《わか》れの曲《きょく》』じゃない！　これ、ショパンだけどちがう曲《きょく》です！」

茉祐《まゆ》ちゃんがなにやら叫《さけ》んだけど、わたしもひばりちゃんも何《なに》も聞《き》こえないので、彼女《かのじょ》が何《なに》を言《い》っているのかさっぱりわからなかった。

けど、孔雀《くじゃく》くんはちがった。なんだかニヤリと余裕《よゆう》ありげな笑顔《えがお》を浮《う》かべている。

「円堂《えんどう》さん。聞《き》こえてくるのがなんの曲《きょく》か、わかるかい？」

「ええと……。たぶん、だけど。同《おな》じショパンの『子犬《こいぬ》のワルツ』だと思《おも》います！」

茉祐《まゆ》ちゃんが興奮気味《こうふんぎみ》に答《こた》える。

それを聞《き》いた孔雀《くじゃく》くんは、不敵《ふてき》な微笑《ほほえ》みを浮《う》かべると、わたしたちに向《む》かってこう宣言《せんげん》した。

「**謎《なぞ》は全《すべ》て解《と》けた**」

四《よん》．名探偵《めいたんてい》クジャク

「さあ。まずは円堂《えんどう》さんに聞《き》こえている『子犬《こいぬ》のワルツ』の正体《しょうたい》を、確《たし》かめに行《い》こうか」

孔雀《くじゃく》くんが茉祐《まゆ》ちゃんの手《て》を引《ひ》いて、音楽室《おんがくしつ》の方《ほう》へと走《はし》りだす。

「あっ！　孔雀《くじゃく》くん、廊下《ろうか》を走《はし》っちゃダメだよ〜！」

わたしの呼《よ》びかけに返事《へんじ》もせず、孔雀《くじゃく》くんたちはあっという間《ま》に行《い》ってしまった。

「ひばりちゃん。孔雀《くじゃく》くんっていつもああなの？」

「そうね。基本的《きほんてき》に一人《ひとり》で考《かんが》えて、こちらに相談《そうだん》もせずに行動《こうどう》し始《はじ》める――でもね」

そこでひばりちゃんは、よく見《み》ないとわからないくらいに小《ちい》さな笑顔《えがお》を浮《う》かべると、わたしにこう言《い》った。

「孔雀《くじゃく》の行動《こうどう》が悪《わる》い結果《けっか》になったことなんて、今《いま》までほとんどないから。安心《あんしん》して」

「信《しん》じてるんだね、孔雀《くじゃく》くんのこと」

「あんなのでも、ただ一人《ひとり》の兄《あに》だから——それよりも、心《こころ》ちゃん。気付《きづ》かない？」

「なにが？」

「耳《みみ》をすませてみてちょうだい」

ひばりちゃんに言《い》われて、歩《ある》きながら耳《みみ》をすましてみる。

すると——

「あれ？　ピアノの音《おと》が聞《き》こえる……？」

そう。ほんのりとだけど、わたしにもピアノの音《おと》が聞《き》こえたのだ。なんの曲《きょく》かまではわからないけど、確《たし》かに聞《き》こえる。

「どうやら孔雀《くじゃく》の言《い》う通《とお》り、事件《じけん》は解決《かいけつ》に向《む》かってるみたいね。私《わたし》たちも急《いそ》ぎましょう」

ひばりちゃんとうなずき合《あ》うと、わたしたちは孔雀《くじゃく》くんと茉祐《まゆ》ちゃんの後《あと》を追《お》った。もちろん、走《はし》らずに歩《ある》いたままで。でも、ちょっと早歩《はやある》きで。

＊＊＊

「やあ、ひばりも心《こころ》ちゃんも来《き》たね。どうだい？　なにか気付《きづ》いたことはあるかな」

「わたしたちにもピアノの音《おと》が聞《き》こえるよ！　確《たし》かに『子犬《こいぬ》のワルツ』だね！」

「えっ。みなさんにも、このピアノの音《おと》が聞《き》こえてるんですか？」

茉祐《まゆ》ちゃんはひどく驚《おどろ》いていた。どうやら彼女《かのじょ》は、今《いま》の今《いま》までピアノの音《おと》が聞《き》こえるのは自《じ》分《ぶん》だけだと思《おも》ってたみたい。

「うん、まあ……聞《き》こえなくちゃ困《こま》るんだけどね。さあ、種明《たねあ》かしをしようか」

そう言《い》うと、孔雀《くじゃく》くんはポケットから音楽室《おんがくしつ》のカギを取《と》り出《だ》して、扉《とびら》を開《あ》けてみせた。一人《ひとり》でどこかに行《い》ってたけど、もしかしてこのカギを職員室《しょくいんしつ》まで借《か》りに行《い》ってたのかな？

扉《とびら》が開《ひら》くと、ピアノの音《おと》はますます大《おお》きくなった。当《あ》たり前《まえ》だけど、ピアノの方《ほう》から聞《き》こえてるみたい。

だけど――

（あれ？　ピアノの上《うえ》に何《なに》か置《お》いてある……？）

暗幕《あんまく》をきちんと閉《し》めた薄暗《うすぐら》い音楽室《おんがくしつ》の中《なか》、グランドピアノの上《うえ》で何《なに》かが光《ひか》っているのが見《み》えた。茉祐《まゆ》ちゃんもそれに気付《きづ》いたみたいで、二人《ふたり》して顔《かお》を見合《みあ》わせる。

「孔雀《くじゃく》くん、あれって……？」

「うん。大丈夫《だいじょうぶ》だから、近付《ちかづ》いて見《み》てみようか」

わたしがたずねると、孔雀《くじゃく》くんはちょっとイタズラっぽい笑顔《えがお》を浮《う》かべてから、ピアノの方《ほう》へずんずんと歩《ある》き始《はじ》めてしまった。しかたなく、わたしたちもそれに続《つづ》く。

すると――

「あれ？　このピアノの上《うえ》にのってるのって……スマホ？　しかも、このピアノの音《おと》、スマホから鳴《な》ってる⁉　ほら、茉祐《まゆ》ちゃんも聞《き》いてみて」

「……あっ、本当《ほんとう》です！」

――そう。さっきから聞《き》こえてた「子犬《こいぬ》のワルツ」は、ピアノの上《うえ》に置《お》いてあるスマホから流《なが》れてたみたい！

「うん。これ、実《じつ》は僕《ぼく》のスマホなんだ」

「ええっ⁉　いったい、どういうことですか？」

孔雀《くじゃく》くんの言葉《ことば》に、茉祐《まゆ》ちゃんがびっくりして大《おお》きな声《こえ》を上《あ》げた。わたしたちもびっくりだ。

「さっき職員室《しょくいんしつ》に行《い》った後《あと》に、あらかじめここに置《お》いておいたんだ。……ああ、別《べつ》にびっくりさせようとしたわけじゃないよ？　説明《せつめい》してもいいかな？」

茉祐《まゆ》ちゃんがコクコクとリスみたいに首《くび》を縦《たて》に振《ふ》る。わたしたちも同《おな》じ気持《きも》ちだった。

「さて、じゃあ僭越《せんえつ》ながら……。今言《いまい》った通《とお》り、これは僕《ぼく》のスマホだ。さっき部室《ぶしつ》へ戻《もど》る前《まえ》に音楽室《おんがくしつ》に立《た》ち寄《よ》ってね、ここに置《お》いておいたんだ。それで、『子犬《こいぬ》のワルツ』の音楽《おんがく》を再生《さいせい》した。リピート設定《せってい》にしてね。――ここまではいいかな？」

茉祐《まゆ》ちゃんが無言《むごん》でコクコクうなずく。

「部室《ぶしつ》を出《で》てから音楽室《おんがくしつ》にたどり着《つ》くまでの間《あいだ》、僕《ぼく》はその音《おと》を聞《き》き逃《のが》さないように耳《みみ》をすましていたんだけど、先《さき》に音《おと》に気付《きづ》いたのは円堂《えんどう》さんだった。円堂《えんどう》さんは、スマホの音《おと》が鳴《な》ってるのを知《し》らなかったのに、だ。知《し》っていて、しかも耳《みみ》をすましていた僕《ぼく》よりも先《さき》に気付《きづ》いた。これがどういうことか、わかるかい？」

孔雀《くじゃく》くんの問《と》いかけに、茉祐《まゆ》ちゃんは今度《こんど》は静《しず》かに首《くび》を横《よこ》に振《ふ》った。

正直《しょうじき》、わたしにも全然《ぜんぜん》わからない！

「これはね、円堂《えんどう》さんの耳《みみ》がものすごくいいってことを指《さ》し示《しめ》してるんだよ」

「……耳《みみ》がいい、ですか？」

「うん。僕《ぼく》ら三人《さんにん》の誰《だれ》もピアノの音《おと》に気付《きづ》かない内《うち》に、円堂《えんどう》さんは曲名《きょくめい》まで言《い》い当《あ》てた！　しかも、音楽室《おんがくしつ》の分厚《ぶあつ》い扉越《とびらご》しの、まだ距離《きょり》がある状態《じょうたい》で、だ。きっと、聴覚《ちょうかく》がとても敏感《びんかん》なんだね」

　ピアノの上《うえ》からスマホを回収《かいしゅう》して音《おと》を止《と》めながら、孔雀《くじゃく》くんが話《はなし》を続《つづ》ける。

「それでね。円堂《えんどう》さんは空耳《そらみみ》が多《おお》いと言《い》っていたけど……それはきっと、気《き》のせいじゃなくて、本当《ほんとう》に音《おと》が聞《き》こえていたんじゃないかと思《おも》うんだ。ただ、それは他《ほか》の人《ひと》には小《ちい》さすぎて気付《きづ》かれないくらいの音《おと》で、円堂《えんどう》さんにしか聞《き》こえなかったんだよ」

「他《ほか》の人《ひと》には聞《き》こえてなかったけど、私《わたし》だけには聞《き》こえていた……？」

「うん。聴覚《ちょうかく》が敏感《びんかん》な人《ひと》には、けっこうあるみたいだよ？　遠《とお》くで鳴《な》っている音《おと》を、耳《みみ》が拾《ひろ》ってしまうらしいんだ。でも、他《ほか》の人《ひと》には全然《ぜんぜん》聞《き》こえないんだってさ。それでね——」

そこで一呼吸《ひとこきゅう》を置《お》くと、孔雀《くじゃく》くんはスマホの画面《がめん》を何《なに》やらいじり始《はじ》めた。

「円堂《えんどう》さんが最初《さいしょ》に『別《わか》れの曲《きょく》』を聞《き》いた日以外《ひいがい》にも、ピアノの音《おと》が鳴《な》っていた可能性《かのうせい》をざっと調《しら》べてみたんだけど……音楽《おんがく》の先生《せんせい》に聞《き》いたら、思《おも》い当《あ》たる節《ふし》がたくさんあったそうだよ？」

「思《おも》い当《あ》たる節《ふし》、ですか？」

「うん。例《たと》えば、先週《せんしゅう》の朝《あさ》。音楽室《おんがくしつ》は閉《し》めてあったけど、先生《せんせい》がとなりの音楽準備室《おんがくじゅんびしつ》でその日授業《ひじゅぎょう》で弾《ひ》く曲《きょく》をＣＤ《シーディー》で流《なが》していたらしい。その他《ほか》の日《ひ》や、今朝《けさ》にもＣＤ《シーディー》をかけてたってさ。きっと、円堂《えんどう》さんが聞《き》いたピアノの音《おと》は、それなんじゃないかな？」

「え、でも……それは全部《ぜんぶ》『別《わか》れの曲《きょく》』だったんですか？　音楽《おんがく》の授業《じゅぎょう》で弾《ひ》く曲《きょく》なら、もっといろいろないですか？」

「そこで思《おも》い出《だ》してほしいんだ。さっき、円堂《えんどう》さんがピアノの音《おと》に気付《きづ》いた時《とき》のこと。あの時《とき》、円堂《えんどう》さんは、こう思《おも》ったんじゃないかな？　また『別《わか》れの曲《きょく》』が聞《き》こえてきたって。でも、実際《じっさい》に流《なが》れていたのは？」

「あ、あぁつ……！」

茉《ま》祐《ゆ》ちゃんがまた大《おお》きな声《こえ》を上《あ》げてびっくりした。

そこでようやく、わたしも孔雀《くじゃく》くんが何《なん》を言《い》いたいのかピンときた。

さっきの茉《ま》祐《ゆ》ちゃんは、ピアノの音《おと》が聞《き》こえた時点《じてん》で、てっきりそれが「別《わか》れの曲《きょく》」だと思《おも》いこんでた。でもでも、実際《じっさい》に流《なが》れていたのは「子犬《こいぬ》のワルツ」だった。全然《ぜんぜん》ちがう曲《きょく》だ。

つまり茉《ま》祐《ゆ》ちゃんは、曲《きょく》を聞《き》きまちがえてたことになる。

でも、なんで茉《ま》祐《ゆ》ちゃんはそんなかんちがいをしてしまったんだろう？

――その答《こた》えは、孔雀《くじゃく》くんが知《し》っていた。

「空耳《そらみみ》にはいろいろと原因《げんいん》があるんだ。円堂《えんどう》さんみたいに耳《みみ》がいい人《ひと》が、ふつうは聞《き》こえないような遠《とお》い場所《ばしょ》で鳴《な》っている音《おと》を聞《き》き取《と》ってしまっている場合《ばあい》もあるし、何《なに》かの音《おと》をよく似《に》た別《べつ》の音《おと》とかんちがいしてしまう場合《ばあい》もある。今回《こんかい》の場合《ばあい》、ピアノの音《おと》は実際《じっさい》に聞《き》こえていたけれども、思《おも》い込《こ》みが半分《はんぶん》混《ま》じって、全部《ぜんぶ》が全部《ぜんぶ》『別《わか》れの曲《きょく》』に聞《き》こえてしまった、ということじゃないかな？」

孔雀《くじゃく》くんの説明《せつめい》を聞《き》きながら、わたしも「なるほど」と思《おも》った。

この間《あいだ》、家《いえ》の外《そと》で子《こ》どもの泣《な》いてる声《こえ》がしたからあわてて窓《まど》から外《そと》を見《み》たら、猫《ねこ》ちゃんが鳴《な》いてただけだった、なんてことがあったんだよね。

……あれ？　これはちょっとちがうかな……？

「あの……じゃあ、私《わたし》が最初《さいしょ》に聞《き》いた『別《わか》れの曲《きょく》』も、準備室《じゅんびしつ》で先生《せんせい》が流《なが》していたものなんですか？」

「いや、それはちがうみたいだね。準備室《じゅんびしつ》は、その扉《とびら》の向《む》こうだけど……よく見《み》てごらん？」

孔雀《くじゃく》くんに言《い》われて、茉祐《まゆ》ちゃんは音楽室《おんがくしつ》の奥《おく》にある、音楽準備室《おんがくじゅんびしつ》につながっている扉《とびら》を見《み》た。つられてわたしもそっちを見《み》る。

木製《もくせい》で小《ちい》さなガラス窓《まど》の付《つ》いた、なんの変哲《へんてつ》もない扉《とびら》だ。これがなんだっていうんだろう？

「あっ」

と、その時《とき》。茉祐《まゆ》ちゃんが何《なに》かに気付《きづ》いて声《こえ》を上《あ》げた。

えっ、なになに？　わたし、全然《ぜんぜん》わからないんだけど。

「気付《きづ》いたみたいだね？　準備室《じゅんびしつ》へ繋《つな》がる扉《とびら》にはガラス窓《まど》がついてる。でも、円堂《えんどう》さんが最初《さいしょ》に『別《わか》れの曲《きょく》』を聞《き》いた日《ひ》には、音楽室《おんがくしつ》は暗幕《あんまく》カーテンが閉《し》められて真《ま》っ暗《くら》だった。先生《せんせい》が準《じゅん》備室《びしつ》にいたのなら、そちらの明《あ》かりが見《み》えていたはずだよね？　……先生《せんせい》に、真《ま》っ暗《くら》な中《なか》で音《おん》楽《がく》を聞《き》く趣味《しゅみ》があるなら別《べつ》だけど」

ああ、なるほど。わたしにもやっとわかった。

準備室《じゅんびしつ》へ通《つう》じる扉《とびら》にガラス窓《まど》があるんだから、もし先生《せんせい》が準備室《じゅんびしつ》にいたのなら、そこから明《あ》かりがもれていたはずだ。

けど、茉祐《まゆ》ちゃんがお化《ば》けを見《み》たという日《ひ》の音楽室《おんがくしつ》は真《ま》っ暗《くら》だったらしいから、準備室《じゅんびしつ》に先《せん》生《せい》はいなかったことになる。

「……じゃあ、私《わたし》があの日《ひ》聞《き》いた『別《わか》れの曲《きょく》』の正体《しょうたい》はわからずじまい……ですか？」

せっかく謎《なぞ》が解《と》けたと思《おも》ったのに、まだちがう謎《なぞ》が残《のこ》されていた。それを知《し》った茉祐《まゆ》ちゃんが、しょんぼりと表情《ひょうじょう》をくもらせる。

けれど――

「いや、その謎《なぞ》ももう解《と》けてるんだ」

孔雀《くじゃく》くんが、なんでもないことのようにそう言《い》った。

五《ご》．事件解決《じけんかいけつ》――？

「さっき僕《ぼく》がスマホを使《つか》って曲《きょく》を鳴《な》らしていたのには、二《ふた》つ理由《りゆう》があったんだ。一《ひと》つは、円堂《えんどう》さんの聴力《ちょうりょく》のよさを確認《かくにん》するため。そしてもう一《ひと》つは、スマホから流《なが》れる音《おと》を本物《ほんもの》のピアノの音《おと》と感《かん》じるかどうかを確認《かくにん》するためさ」

そう言《い》いながら、孔雀《くじゃく》くんがグランドピアノのふたを開《あ》けてピアノを弾《ひ》き始《はじ》める。曲《きょく》は、先《さき》程《ほど》スマホから流《なが》れていた「子犬《こいぬ》のワルツ」だ。

……しかも、かなりうまい！　孔雀《くじゃく》くんって、なんでもできちゃうんだろうか？

それに、さっきスマホから流《なが》れてた音《おと》と比《くら》べると、「音《おと》の厚《あつ》み」みたいなのが全然《ぜんぜん》ちがった。スマホの小《ちい》さなスピーカーから流《なが》れていた「子犬《こいぬ》のワルツ」は、低音《ていおん》があまり響《ひび》かなかったから、本物《ほんもの》のピアノの音《おと》と比《くら》べると「うすっぺらい」音《おと》だったかも。

「今聞《いまき》いてもらった通《とお》り、本物《ほんもの》のピアノとスマホで鳴《な》らしたピアノの音《おと》じゃ、ずいぶんと印象《いんしょう》がちがうよね？」

「そう……ですね。さすがに聴《き》きくらべなくても、それははっきりわかります」

茉祐《まゆ》ちゃんもわたしと同《おな》じ感想《かんそう》だったようで、孔雀《くじゃく》くんの質問《しつもん》にそう答《こた》えた。

孔雀《くじゃく》くんは、その答《こた》えを聞《き》いてウンウンとうなずいてから、こう言《い》った。

「でも、さっきスマホから流《なが》れていた『子犬《こいぬ》のワルツ』を聞《き》いた時《とき》には、あれが本物《ほんもの》のピアノの音《おと》じゃないって、気付《きづ》かなかったよね？」

「それは……防音扉越《ぼうおんとびらご》しだと、音《おと》がこもっていて、はっきり聞《き》こえなかったから――」

「だよね。そして、最初《さいしょ》に円堂《えんどう》さんが『別《わか》れの曲《きょく》』を聞《き》いた時《とき》も、扉越《とびらご》しだったよね？　だったら、その時《とき》も本物《ほんもの》のピアノの音《おと》じゃなかった可能性《かのうせい》がある、とは思《おも》わないかい？」

「「――あっ」」

わたしと茉祐《まゆ》ちゃんの口《くち》から、同時《どうじ》に驚《おどろ》きの声《こえ》が上《あ》がる。

なるほど、茉祐《まゆ》ちゃんは音楽室《おんがくしつ》に入《はい》る前《まえ》は、聞《き》こえたのがスマホの音《おと》だってことに気付《きづ》いてなかった。だったら、茉祐《まゆ》ちゃんがお化《ば》けを見《み》たって言《い》う日《ひ》に聞《き》いたピアノの音《おと》も、もしかしたら――

「実《じつ》はね、さっき職員室《しょくいんしつ》へ行《い》った時《とき》に、こんな話《はなし》も聞《き》いたんだ。円堂《えんどう》さんが最初《さいしょ》に『別《わか》れの曲《きょく》』を聞《き》いた日《ひ》に、音楽《おんがく》の先生《せんせい》がスマホをどこかに置《お》き忘《わす》れたって」

「……スマホを？」

「うん。それでね、放課後《ほうかご》に職員室《しょくいんしつ》で一段落《いちだんらく》した時《とき》それに気付《きづ》いて、『職員室《しょくいんしつ》のどこかに置《お》き忘《わす》れてないか』って、電話《でんわ》をかけてみたんだって。マナーモードにはしてなかったから、着信《ちゃくしん》メロディが鳴《な》るはずだって。でも、職員室《しょくいんしつ》の中《なか》では着信《ちゃくしん》メロディは鳴《な》らなかったそうだよ。つまり、スマホは別《べつ》の場所《ばしょ》にあった」

孔雀《くじゃく》くんはそこで一度言葉《いちどことば》を切《き》ると、不敵《ふてき》な笑《え》みを浮《う》かべながら、茉祐《まゆ》ちゃんにこうたずねた。

「円堂《えんどう》さんは、音楽《おんがく》の先生《せんせい》がどこにスマホを置《お》き忘《わす》れたのか、わかるかい？」

ここまであからさまな聞《き》き方《かた》をされれば、誰《だれ》にでも孔雀《くじゃく》くんの言《い》いたいことはわかると思《おも》う。

わたしもピンときたもん。

「……音楽室《おんがくしつ》に置《お》き忘《わす》れていた？」

「円堂《えんどう》さん、正解《せいかい》！　しかもね、先生《せんせい》のスマホの着信《ちゃくしん》メロディは、『別《わか》れの曲《きょく》』だったんだよ！　お気《き》に入《い》りのアシュケナージ演奏《えんそう》の音楽《おんがく》ファイルを設定《せってい》してあったそうだよ」

「アシュケナージ」っていうのは、確《たし》か有名《ゆうめい》なピアノ奏者《そうしゃ》の名前《なまえ》だったと思《おも》う。

つまり音楽《おんがく》の先生《せんせい》は、そのアシュケナージが演奏《えんそう》したショパンの「別《わか》れの曲《きょく》」を、着信《ちゃくしん》メロディとして鳴《な》るようスマホに設定《せってい》していた、ということになるのかな？

「——だからね、円堂《えんどう》さんがあの日《ひ》聞《き》いた『別《わか》れの曲《きょく》』は、先生《せんせい》が音楽室《おんがくしつ》に置《お》き忘《わす》れてたスマホから流《なが》れていたものだったんだよ！　着信履歴《ちゃくしんりれき》も見《み》せてもらったけど、これが円堂《えんどう》さんが最《さい》初《しょ》にピアノの音《おと》を聞《き》いた時間《じかん》とピタリと一致《いっち》したんだ！」

決《き》めポーズなのか、ビシッと親指《おやゆび》を立《た》てて笑顔《えがお》を浮《う》かべる孔雀《くじゃく》くん。

正直《しょうじき》、わたしはそのポーズ、ちょっとカッコよくないと思《おも》ってるんだけど……茉祐《まゆ》ちゃんは素直《すなお》に「すごい！」って感《かん》じの顔《かお》で、目《め》を輝《かがや》かせてる。

なるほど、こうやって孔雀《くじゃく》くんのファンは増《ふ》えていくんだね。

——でも、事件《じけん》はこれで解決《かいけつ》じゃない。もう一《ひと》つ、大《おお》きな謎《なぞ》が残《のこ》ってる。

茉祐《まゆ》ちゃんもそれに気付《きづ》いたみたいで、ちょっととまどい気味《ぎみ》に孔雀《くじゃく》くんにたずねた。

「……あの、孔雀《くじゃく》くん。私《わたし》が聞《き》いたピアノの音《おと》の正体《しょうたい》はわかったんですけど……そうすると、私《わたし》が見《み》た人影《ひとかげ》みたいなものは、なんだったんでしょうか？」

そう。茉祐《まゆ》ちゃんの言《い》う通《とお》り、茉祐《まゆ》ちゃんの見《み》た「ぼんやりと人《ひと》の形《かたち》をした何《なに》か」の正体《しょうたい》は、まだわかってない。

その正体《しょうたい》を突《つ》きとめないと、「本物《ほんもの》のお化《ば》け」ってことになっちゃう……！

「うん、それなんだけど……。まだ夕方《ゆうがた》と言《い》うには早《はや》いから完璧《かんぺき》じゃないけど、ちょっと当時《とうじ》の状況《じょうきょう》を再現《さいげん》してみようか。暗幕《あんまく》は……全部《ぜんぶ》閉《し》まってるね？　よし、じゃあいったん外《そと》へ出《で》よう」

孔雀《くじゃく》くんの言《い》う通《とお》りに、わたしたちは音楽室《おんがくしつ》の外《そと》へ出《で》た。

うす暗《ぐら》い音楽室《おんがくしつ》の中《なか》とは反対《はんたい》に、廊下《ろうか》は太陽《たいよう》の光《ひかり》が差《さ》しこんでいて、まぶしいくらいの明《あか》るさだ。

「よし、じゃあ扉《とびら》を閉《し》めて……。円堂《えんどう》さん、扉《とびら》の窓《まど》から音楽室《おんがくしつ》の中《なか》を見《み》てもらえるかな？」

「……中《なか》を、ですか？　わかりました」

茉祐《まゆ》ちゃんがおそるおそる、扉《とびら》の窓《まど》から音楽室《おんがくしつ》の中《なか》をのぞきこむ。

わたしも茉祐《まゆ》ちゃんの後《うし》ろから見《み》てみるけど、音楽室《おんがくしつ》の中《なか》に変化《へんか》は特《とく》にない。

「……何《なん》も見《み》えませんけど？」

「うん。じゃあ円堂《えんどう》さん、ちょっと頭《あたま》を動《うご》かしたりしてみてくれるかな？」

孔雀《くじゃく》くんの言葉《ことば》に、半信半疑《はんしんはんぎ》といった感《かん》じで茉祐《まゆ》ちゃんが頭《あたま》を少《すこ》しフリフリする。

すると――

「「あっ」」

わたしと茉祐《まゆ》ちゃんの声《こえ》が再《ふたた》び重《かさ》なる。

今《いま》、音楽室《おんがくしつ》の中《なか》で何《なに》か動《うご》いた⁉　ぼんやりと何《なに》か、人《ひと》の形《かたち》をしてるものが！

でも、それはお化《ば》けなんかじゃなかった。

「これ、私《わたし》の影《かげ》？」

「うん。廊下《ろうか》の方《ほう》が明《あか》るいから、音楽室《おんがくしつ》の中《なか》に円堂《えんどう》さんの影《かげ》が、影絵《かげえ》みたいに映《うつ》ってるんだね。たぶんだけど、円堂《えんどう》さんが見《み》た『ぼんやりと人《ひと》の形《かたち》をした何《なに》か』もこれだったんじゃないかな？」

「……これ、だったかもしれません。形《かたち》も動《うご》きもちがうけど……でも……これだった気《き》が」

茉祐《まゆ》ちゃんがちょっと自信《じしん》なさげに答《こた》える。

しょうがないよね、その日《ひ》は人影《ひとかげ》を見《み》てびっくりして帰《かえ》っちゃったんだから。そんなに細《こま》かく覚《おぼ》えてない方《ほう》が自然《しぜん》だもん。

「光《ひかり》の加減《かげん》もあるからね。そっくりそのままというわけにはいかないさ。でも、これで納得《なっとく》がいったんじゃないかな？」

「……はい！」

そう力強《ちからづよ》く答《こた》えた茉祐《まゆ》ちゃんの顔《かお》からは、さっきまであった不安《ふあん》げな表情《ひょうじょう》はもう消《き》えていた。

＊＊＊

――その十数分後《じゅうすうふんご》。わたしたちは部室《ぶしつ》に戻《もど》っていた。

でも、孔雀《くじゃく》くんと茉祐《まゆ》ちゃんの姿《すがた》はない。孔雀《くじゃく》くんは茉祐《まゆ》ちゃんを家《いえ》まで送《おく》ると言《い》って、もう下校《げこう》した後《あと》だった。

「いや〜、どうなることかと思《おも》ったけど、さすがは孔雀《くじゃく》くん！　見事《みごと》に解決《かいけつ》してみせたね」

わたしは、ミステリー倶楽部《クラブ》への最初《さいしょ》の依頼《いらい》が無事《ぶじ》に解決《かいけつ》してホクホク顔《かお》だった。

「てっきり本当《ほんとう》のお化《ば》けが出《で》てくるのかと思《おも》っちゃったよ〜」

今回《こんかい》の孔雀《くじゃく》くんは、茉祐《まゆ》ちゃんが目撃《もくげき》した「学校《がっこう》の怪談《かいだん》」の全《すべ》てに、きちんと答《こた》えを出《だ》していた。だから、お化《ば》けが入《はい》るすきなんてない。

――そう思《おも》っていたんだけど。

「何《なに》を言《い》っているの、心《こころ》ちゃん。ここからが本番《ほんばん》よ」

「えっ？」

ひばりちゃんが、突然《とつぜん》そんなことを言《い》いだした。……え、え〜と、まだ何《なに》かあるの？

「もう一時間《いちじかん》くらいたったら、行《い》くわよ」

「行《い》くって、どこに？」

「決《き》まってるじゃない。音楽室《おんがくしつ》のお化《ば》けを退治《たいじ》しに、よ」

六《ろく》．もう一《ひと》つの結末《けつまつ》

そして一時間後《いちじかんご》。わたしは、ひばりちゃんと一緒《いっしょ》に部室《ぶしつ》を出《で》て、再《ふたた》び音楽室《おんがくしつ》へ向《む》かった。

「音楽室《おんがくしつ》のお化《ば》けを退治《たいじ》しに行《い》く」とひばりちゃんは言《い》ったけど、正直《しょうじき》わたしにはわけがわからなかった。

「ね、ねえ、ひばりちゃん。どういうことなの？　音楽室《おんがくしつ》のお化《ば》けの正体《しょうたい》は、茉祐《まゆ》ちゃんの影《かげ》じゃなかったの？」

「もちろんちがうわ」

「ええっ〜!?　だって、孔雀《くじゃく》くんの『推理《すいり》』はバッチリだったじゃん。お化《ば》けの入《はい》りこむところなんて、あった？」

そう。孔雀《くじゃく》くんの「推理《すいり》」はわたしの目《め》から見《み》てもカンペキだったと思《おも》う。だから、今回《こんかい》はお化《ば》けのしわざじゃないと思《おも》ったんだけど……

「確《たし》かに、孔雀《くじゃく》の『推理《すいり》』は筋《すじ》が通《かよ》ってたわ。でもね、心《こころ》ちゃん。今回《こんかい》の件《けん》には、孔雀《くじゃく》ではけして気付《きづ》けないポイントがあったのよ」

「孔雀《くじゃく》くんではけして気付《きづ》けない……？」

あの頭《あたま》のいい孔雀《くじゃく》くんに気付《きづ》けないことなんてあるんだろうか？　そう思《おも》いながらわたしが首《くび》をかしげていると――

――ニャーオ。

いつの間《ま》にか、わたしとひばりちゃんを先導《せんどう》するように、クロウさんが前《まえ》を歩《ある》いていた。

「あ、クロウさん。さっきから姿《すがた》が見《み》えなかったけど、どこにいたの？」

「クロウさんには姿《すがた》を隠《かく》してもらっていたのよ。視《み》られると困《こま》るから」

「みられると困《こま》る？　誰《だれ》に？」

「円堂茉祐《えんどうまゆ》さんによ」

「茉祐《まゆ》ちゃん？　え、でもクロウさんはふつうの人《ひと》には視《み》えないんじゃ？」

そう。クロウさんは「猫又《ねこまた》」と呼《よ》ばれる妖怪《ようかい》だ。だから、わたしやひばりちゃんみたいに「霊力《れいりょく》」という特殊《とくしゅ》な力《ちから》を持《も》つ人間《にんげん》にしか視《み》えないはず。

でも、次《つぎ》にひばりちゃんの口《くち》から出《で》た言葉《ことば》は、わたしが思《おも》いもしないものだった。

「いいえ、心《こころ》ちゃん。あなたは気付《きづ》かなかったみたいだけど……円堂《えんどう》さんには、クロウさんが視《み》えていたのよ」

「……ええっ⁉」

「さっき、円堂《えんどう》さんが言《い》ってたでしょう？　『その猫《ねこ》ちゃんかわいいですね』って。あの時《とき》の彼女《かのじょ》、明《あき》らかにクロウさんを視《み》てたのよ」

「ああ……あれ、マグカップの猫《ねこ》ちゃんのことじゃなかったんだ」

てっきり、茉祐《まゆ》ちゃんが言《い》ってたのはひばりちゃんのマグカップの模様《もよう》のことだってかんちがいしてた！

でもでも、まさかクロウさんが視《み》える人《ひと》が、こんな身近《みぢか》にいるなんて思《おも》わないよ！

「前《まえ》にも言《い》ったけど、この鎌倉猫ヶ丘小《かまくらねこがおかしょう》には霊力《れいりょく》を持《も》った人《ひと》が——お化《ば》けや妖怪《ようかい》が視《み》えてしまう人《ひと》が、けっこういるのよ」

「あう。そう言《い》えば、聞《き》いた覚《おぼ》えが……」

「とは言《い》っても、クロウさんを視《み》るには相当強《そうとうつよ》い霊力《れいりょく》が必要《ひつよう》よ。私《わたし》も『まさか』と思《おも》ったくらい」

「えっ、わたしも視《み》えるけど？」

「だから、心《こころ》ちゃんも強《つよ》い霊力《れいりょく》を持《も》っているのよ。最初《さいしょ》に会《あ》った時《とき》は、本当《ほんとう》に驚《おどろ》いたもの。クロウさんの姿《すがた》が視《み》えた人《ひと》は、そう多《おお》くないのよ？」

「そうだったんだ……」

そういえば、神社《じんじゃ》で初《はじ》めて会《あ》った時《とき》、ひばりちゃんすっごく驚《おどろ》いてたもんね。「その猫《ねこ》のことが視《み》えるの？」みたいに。

なるほど、わたしの霊力《れいりょく》ってそんなに強《つよ》かったんだ。

「でも、心《こころ》ちゃんと円堂《えんどう》さんとでは、決定的《けっていてき》にちがうことがあるわ」

「えっ、なになに？」

「心《こころ》ちゃんは、小《ちい》さい頃《ころ》からお化《ば》けを『お化《ば》けだ』と認識《にんしき》していたのよね？」

「そうだね。他《ほか》の人《ひと》にも視《み》えないいし、『こいつらはお化《ば》けにちがいない！』って思《おも》ってた」

「けれども、円堂《えんどう》さんはちがうわ。おそらく、以前《いぜん》からふしぎなものがたくさん視《み》えていたのでしょうけど、彼女《かのじょ》はそれをお化《ば》けだとは思《おも》っていなかったみたいね。きっと何《なに》かの見《み》まちがいだとか、そうとらえていたんじゃないかしら」

「ええ〜？　ふしぎなものが視《み》えたら、ふつうはお化《ば》けだと思《おも》わない？」

「人《ひと》によるのよ。ふつうはね、心《こころ》ちゃん。お化《ば》けが視《み》える人《ひと》でも、まわりの大人《おとな》に『そんなもの見《み》えない』と否定《ひてい》されると、『じゃあ気《き》のせいなんだ』と思《おも》って実際《じっさい》に視《み》えなくなってしまうことが多《おお》いの」

「そんなことだけで視《み》えなくなるの？」

「心《こころ》ちゃんもやっていたのでしょう？　お化《ば》けが視《み》えても『今《いま》のは気《き》のせい』と思《おも》うことで、だんだんとお化《ば》けが視《み》えなくなっていく、アレよ。自分《じぶん》で自分《じぶん》に言《い》い聞《き》かせるか、他《ほか》の人《ひと》が言《い》い聞《き》かせるかのちがいはあるけど」

「あっ、なるほど」

ひばりちゃんの説明《せつめい》で、ようやく納得《なっとく》する。

そうか、親《おや》とかに「そんなものはいない」って言《い》われたら、自分《じぶん》の気《き》のせいだったって思《おも》っちゃう子《こ》もいるんだ。

「今回《こんかい》、円堂《えんどう》さんは孔雀《くじゃく》の『推理《すいり》』で『お化《ば》けなんていない』という強力《きょうりょく》な認識《にんしき》を植《う》えつけられたわ。これから彼女《かのじょ》は、お化《ば》けがだんだん視《み》えなくなっていくはずなの。だから、クロウさんが妖怪《ようかい》だとバレるわけにはいかなかったのよ」

「それでクロウさん、ずっと隠《かく》れてたんだ～。……ん？　でもそれと、わたしたちが音楽室《おんがくしつ》に行《い》くことはなんの関係《かんけい》が？」

「行《い》けばわかるわ」

わたしが訊《き》いても、ひばりちゃんはちょっとだけイタズラっぽくほほ笑《え》むだけだった――

＊＊＊

――で、音楽室《おんがくしつ》に戻《もど》ってみると。

「わっ⁉　なに、あれ？」

ひばりちゃんと一緒《いっしょ》に音楽室《おんがくしつ》へ入《はい》るなり、わたしは思《おも》わず叫《さけ》んでしまった。

だって――だって、ピアノのイスに座《すわ》って、一生懸命《いっしょうけんめい》ピアノを弾《ひ》いているような動《うご》きをしてる、人《ひと》の形《かたち》をした「何《なに》か」がいるんだもん！

でも、ピアノの音《おと》は聞《き》こえない。そもそも、ピアノのふたが閉《し》まっていて、「人影《ひとかげ》」はその上《うえ》から手《て》（？）を一生懸命叩《いっしょうけんめいたた》きつけてるだけだった。これじゃ、音《おと》は出《で》ないよね。

「やっぱり、かなりはっきり見《み》えるわね」

「ひ、ひばりちゃん！　あれ、なに？」

「なにって、お化《ば》けよ。ほら、円堂《えんどう》さんの言《い》っていた怪談話《かいだんばなし》があったでしょう？　あれのせいで生《う》まれてしまった、『本当《ほんとう》はいないもの』よ」

「あっ、じゃあ、『トイレの花子《はなこ》さん』と同《おな》じ……？」

思《おも》わず花子《はなこ》さんのことを思《おも》い出《だ》して、身《み》ぶるいする。「トイレの花子《はなこ》さん」は、みんなのうわさ話《ばなし》から生《う》まれたお化《ば》けだった。どうやら、この人影《ひとかげ》も同《おな》じようなものらしい。

「さっきはまだ、校内《こうない》に残《のこ》ってる人《ひと》が多《おお》かったから、出《で》てこなかったのね」

「えっ？　どういうこと？」

「円堂《えんどう》さんが聞《き》いたという怪談《かいだん》は、『誰《だれ》もいない放課後《ほうかご》の音楽室《おんがくしつ》で、お化《ば》けがピアノを弾《ひ》いていることがある』だったのでしょう？　だったら、人《ひと》が多《おお》い時《とき》は出《で》てこない、ということになるわ」

「あ、なるほど」

「それにしても弱々《よわよわ》しいお化《ば》けね。本来《ほんらい》なら、自然《しぜん》に消《き》えてたのでしょうけど……円堂《えんどう》さんが視《み》てしまったことで、存在《そんざい》が強《つよ》くなったのね。これ以上《いじょう》は勝手《かって》に強《つよ》くならないとは思《おも》うけど、念《ねん》のため倒《たお》しておきましょう――クロウさん！」

ひばりちゃんの声《こえ》にこたえて、クロウさんが「ニャオ～ン」というかわいらしい鳴《な》き声《ごえ》を上《あ》げたかと思《おも》うと――巨大化《きょだいか》した。

「わっ!?　また大《おお》きくなった！」

思《おも》わず大《おお》きな声《こえ》を出《だ》しちゃったけど、人影《ひとかげ》はわたしに見向《みむ》きもしない。どうも、花子《はなこ》さんとはちがって、こちらに興味《きょうみ》はないらしい。

「さあ、クロウさん――残《のこ》さず食《た》べてしまってね」

ひばりちゃんが人影《ひとかげ》を指《ゆび》さしながらクロウさんに命令《めいれい》する。

クロウさんは「ニャ～ン」と、ちょっと野太《のぶと》くなった鳴《な》き声《ごえ》を上《あ》げながら人影《ひとかげ》に飛《と》び掛《か》かって――

――ガブリ。

大《おお》きな口《くち》を開《あ》けて、人影《ひとかげ》の首《くび》すじにかみついた！

その瞬間《しゅんかん》、人影《ひとかげ》は姿《すがた》を消《け》してしまった。まるで、はじめからそこに何《なに》もいなかったみたいに。

なんのあとも残《のこ》さないで。

「おつかれさまクロウさん。いつも悪《わる》いわね」

いつの間《ま》にか元《もと》の大《おお》きさに戻《もど》ったクロウさんを、ひばりちゃんがやさしくなでる。

クロウさんはうれしいのか、のどをゴロゴロと鳴《な》らし始《はじ》めた。

「お、終《お》わったの？」

「ええ。円堂《えんどう》さんが孔雀《くじゃく》のヘリクツに納得《なっとく》してくれたおかげね。いつもこのくらいだと、いいのだけれど」

「あ〜。花子《はなこ》さんは、もっと強《つよ》かったもんね」

そう言《い》いながら、わたしもクロウさんへのナデナデに参加《さんか》する。クロウさんの毛並《けな》みはとってもツヤツヤしていて、さわり心地《ごこち》ばつぐんだった。

「どうにか最初《さいしょ》の依頼《いらい》は完了《かんりょう》ね。どう、心《こころ》ちゃん？　やっていけそう？」

「あ〜、わたし今回《こんかい》なんにもやってないよね？」

「そんなことないわ。孔雀《くじゃく》がいない間《あいだ》、円堂《えんどう》さんの話《はな》し相手《あいて》になってくれたし……今《いま》だって、心《こころ》ちゃんが視《み》ててくれたから、クロウさんが『お化《ば》けを倒《たお》した』という事実《じじつ》が強化《きょうか》されたのよ——とっても助《たす》かってるわ」

「そう……なら、いいんだけど」

クロウさんをナデナデしながら、わたしは「もっとひばりちゃんたちの役《やく》に立《た》ちたいな」なんて思《おも》った。

第三話《だいさんわ》　校庭《こうてい》の隅《すみ》っこには火《ひ》の玉《たま》が出《で》るらしい

一《いち》・火《ひ》の玉事件《たまじけん》

『校庭《こうてい》のすみっこで火《ひ》の玉《たま》を見《み》た』――そんなうわさ話《ばなし》が流《なが》れたのは、七月《しちがつ》に入《はい》って一週間《いっしゅうかん》がすぎた頃《ころ》のこと。

鎌倉猫《かまくらねこ》ケ丘小学校《がおかしょうがっこう》の校庭《こうてい》のはしには雑木林《ぞうきばやし》がある。猫《ねこ》ケ丘小学校《がおかしょうがっこう》は住宅地《じゅうたくち》の真《ま》ん中《なか》にあるから、目隠《めかく》しのためにたくさん木《き》を植《う》えたんだけど、それが大《おお》きくなったものなんだとか。

いろんな種類《しゅるい》の木々《きぎ》が自生《じせい》してて、しかもなんと、雑木林《ぞうきばやし》の中《なか》を流《なが》れる川《かわ》まである！

どういう理由《りゆう》か知《し》らないけど、わざわざ地面《じめん》をほって小川《おがわ》を作《つく》ったんだって。

そのおかげなのか、いろんな生《い》き物《もの》もいるから、理科《りか》の時間《じかん》なんかにはお世話《せわ》になることも多《おお》かったりする。

そんな、わたしたちにも身近《みぢか》な雑木林《ぞうきばやし》の中《なか》に「火《ひ》の玉《たま》」が現《あらわ》れるって……本当《ほんとう》かな？

「――でさ〜。それを先生《せんせい》たちに言《い》ったのに、誰《だれ》もシンケンに聞《き》いてくれないんだぜ？　それで校庭《こうてい》で遊《あそ》んでたことだけ怒《おこ》られてさぁ。孔雀《くじゃく》もひどいと思《おも》わないか⁉」

そう話《はな》すのは、孔雀《くじゃく》くんのクラスメイトの坂《さか》城《き》くん。

「火《ひ》の玉《たま》を見《み》た」って言《い》っているのは、この坂《さか》城《き》くんとその友《とも》だちの数名《すうめい》らしい。

坂城《さかき》くんは、ちょっとやんちゃな男子《だんし》グループのリーダー的存在《てきそんざい》で、先生《せんせい》たちの間《あいだ》では「悪《わる》ガキ」と評判《ひょうばん》の少《すこ》し困《こま》った男《おとこ》の子《こ》。

正直《しょうじき》、わたしはちょっと苦手《にがて》。ひばりちゃんも目《め》を合《あ》わせようとしないので、たぶん同《おな》じだと思《おも》う。

野球《やきゅう》をやっているわけでもないのに頭《あたま》はスポーツ刈《が》りで、冬以外《ふゆいがい》の季節《きせつ》は半《はん》そで短《たん》パンですごしてる。

いつもイタズラばかりしているし、乱暴者《らんぼうもの》だしで、他《ほか》の女子《じょし》からも好《す》かれてない。

そんな坂城《さかき》くんが「火《ひ》の玉《たま》を見《み》た！」なんてさわいでも、誰《だれ》もまともに相手《あいて》をしないに決《き》まってる。……だから、孔雀《くじゃく》くんに相談《そうだん》しに来《き》たんだろうけど。

さっきなんか、孔雀《くじゃく》くんたちと部室《ぶしつ》のカギを開《あ》けに来《き》たら、ドアの前《まえ》で座《すわ》りこんでてびっくりしちゃった。きっと、とっても困《こま》ってたんだね。

「それで、先生《せんせい》たちは見回《みまわ》りとかもしてくれなかったのかい？」

「えっ？　え～と……オレたちを校門《こうもん》から追《お》い出《だ》して……どうかな？　誰《だれ》かが見回《みまわ》りに行《い》く、みたいな話《はなし》はしてなかった……かな？」

しどろもどろに答《こた》える坂城《さかき》くん。きっと、そこまで細《こま》かいことは覚《おぼ》えてないんだろうなぁ。

というか、「夜《よる》の校庭《こうてい》で火《ひ》の玉《たま》を見《み》た」って言《い》ってるけど、今《いま》は七月《しちがつ》だから日没《にちぼつ》は七時《しちじ》くらいだよね？　そんな時間《じかん》に校庭《こうてい》にいたの……？

確《たし》か、うちの学校《がっこう》では六時《ろくじ》をすぎると児童《じどう》は追《お》い出《だ》されて、校門《こうもん》も閉《し》められちゃうはず。もう外《そと》からは入《はい》れない。

もちろん、先生《せんせい》たちの中《なか》には六時《ろくじ》をすぎても学校《がっこう》でお仕事《しごと》してる人《ひと》もいるらしいから、何《なに》かあれば開《あ》けてもらえるとは思《おも》う。だけど、「校庭《こうてい》で遊《あそ》びたい」なんて理由《りゆう》で開《あ》けてくれるはずはないよね。

いろいろとツッコミどころが多《おお》すぎる気《き》がするなぁ。きっと、こっそり忍《しの》びこんだんだと思《おも》う。

そういうことする人《ひと》の話《はなし》なんて、正直《しょうじき》わたしは信《しん》じられない。

——でも、坂城《さかき》くんの話《はなし》を聞《き》く孔雀《くじゃく》くんの表情《ひょうじょう》は、真剣《しんけん》そのもの。絶対《ぜったい》に茶化《ちゃか》したりしないし、適当《てきとう》にあしらったりもしていない。

何《なに》か、気《き》になることでもあるのかな？　ここは、孔雀《くじゃく》くんに全部《ぜんぶ》おまかせしよ。

「なるほど、確《たし》かにそれは少《すこ》し気《き》になるね。だって、火《ひ》の玉《たま》が見《み》えたんだよね？　もしかしたら、火事《かじ》とか、不審者《ふしんしゃ》とか、そういうものかもしれないのに、見回《みまわ》りもしないというのは、確《たし》かにおかしい」

「だろっ⁉　なあ、たのむよ孔雀《くじゃく》ぅ！　『火《ひ》の玉《たま》』の謎《なぞ》、解《と》いてくれよ。いつもみたいにさ〜。じゃないともう、怖《こわ》くて夜《よる》の校庭《こうてい》で遊《あそ》べねぇよ〜！」

「そもそも、夜《よる》の校庭《こうてい》に忍《しの》びこんで遊《あそ》ぶのをやめてみては？」と、わたしなんかは思《おも》ってしまうんだけど、あえて口《くち》には出《だ》さない。というか、坂城《さかき》くんとはあまり話《はな》したくない……

一方《いっぽう》、孔雀《くじゃく》くんは「火《ひ》の玉《たま》」という言葉《ことば》と先生《せんせい》たちの態度《たいど》が気《き》になったらしい。いつもの、謎《なぞ》を解《と》こうとしている時《とき》の真剣《しんけん》な顔《かお》をしていた。

「坂城《さかき》くん。その火《ひ》の玉《たま》というのは、どれくらいの大《おお》きさなんだい？」

「ん～わかんねぇ！　見《み》たっつっても遠《とお》くからだしよぉ。林《はやし》の中《なか》に、チラチラ小《ちい》さな光《ひかり》が見《み》えて、動《うご》いてたんだよ！」

「小《ちい》さな光《ひかり》……じゃあ、具体的《ぐたいてき》な大《おお》きさや形《かたち》は分《わ》からないんだね？　色《いろ》は？」

「ん～……オレンジ色《いろ》、かな？　それもよくわかんねぇや。あ、でもでも！　動《うご》いてたのは確《たし》かだぜ！」

どうにも、坂城《さかき》くんの話《はなし》はおおざっぱすぎる。さすがの孔雀《くじゃく》くんも、これ以上《いじょう》は情報《じょうほう》を引《ひ》き出《だ》せないみたいだった。

結局《けっきょく》、坂城《さかき》くんのへたな説明《せつめい》をなんとか解釈《かいしゃく》して「火《ひ》の玉《たま》」が出《で》た場所《ばしょ》を特定《とくてい》すると、わたしたちは校庭《こうてい》へと調査《ちょうさ》に向《む》かうことになった。

ほら、あれ。前《まえ》にひばりちゃんが言《い》ってた「百聞《ひゃくぶん》は一見《いっけん》にしかず」ってやつだね。へたな説明《せつめい》を何回《なんかい》も聞《き》くよりも、現地《げんち》を見《み》た方《ほう》が早《はや》いってこと。

坂城《さかき》くんもついて行《い》きたいって言《い》ったけど、それは孔雀《くじゃく》くんが丁重《ていちょう》にお断《ことわ》りしてた。さすがの孔雀《くじゃく》くんも、調査《ちょうさ》のじゃまになるような人《ひと》は連《つ》れていかないらしい――

二《に》．林《はやし》の中《なか》には……

「――ということで、坂城《さかき》くんたちが『火《ひ》の玉《たま》』を見《み》たというのは、このあたりらしいんだけど……どうだい？　ひばり、心《こころ》ちゃん。何《なに》か感《かん》じるかい？」

わたしたちは、坂城《さかき》くんから聞《き》いた「火《ひ》の玉《たま》」の目撃現場《もくげきげんば》までやってきていた。

そこは校庭《こうてい》のすみっこの、あまり人《ひと》が立《た》ち寄《よ》らないあたりだった。木々《きぎ》が生《お》い茂《しげ》っていて、かすかに川《かわ》のせせらぎが聞《き》こえる。

「……特《とく》に何《なに》も感《かん》じないわね。クロウさんも反応《はんのう》してないわ。心《こころ》ちゃんは何《なに》か感《かん》じる？」

「う〜ん、わたしも特《とく》に何《なに》も〜。うす暗《ぐら》くて不気味《ぶきみ》ではあるけど」

「そうよね……。ふむ、今回《こんかい》は妖怪《ようかい》やお化《ば》けは関係《かんけい》ないのか。それとも、まだ私《わたし》たちがはっきりと感《かん》じ取《と》れるほど強《つよ》くなってないのか」

霊力《れいりょく》が強《つよ》いひばりちゃんも、わたしも、ついでにクロウさんまで何《なに》も感《かん》じない。

クロウさんなんて、ヒマそうに大《おお》あくびまでしてる。つまり、危険《きけん》はないってことなんだと思《おも》う。

「なるほど。今《いま》はまだ、妖怪《ようかい》のしわざなのか、それとも人間《にんげん》のしわざなのか、どちらかは判断《はんだん》つかない、ということだね。——よし、ちょっと雑木林《ぞうきばやし》の中《なか》へ入《はい》ってみよう」

「ええっ!? こんな所《ところ》に入《はい》るの〜?」

「……着物《きもの》を引《ひ》っかけて破《やぶ》きでもしたらイヤだわ。私《わたし》はパス」

元気《げんき》よく雑木林《ぞうきばやし》へ踏《ふ》みこもうとした孔雀《くじゃく》くんに対《たい》して、わたしもひばりちゃんも全力《ぜんりょく》で首《くび》を横《よこ》に振《ふ》ってしまった。

孔雀《くじゃく》くんは「仕方《しかた》ないね」って苦笑《にがわら》いしながら言《い》い残《のこ》すと、一人《ひとり》で雑木林《ぞうきばやし》へ入《はい》っていった。

……うう、ちょっと罪悪感《ざいあくかん》。

こういう時《とき》の孔雀《くじゃく》くん、押《お》しが弱《よわ》いというか——ううん、きっとやさしいんだよね。相手《あいて》をバカにしたり、無理強《むりじ》いしたりしないの。

う〜ん、やっぱり一人《ひとり》で行《い》かせるのは、なんかちがうよね。

「ひばりちゃん、わたしも雑木林《ぞうきばやし》の中《なか》、見《み》てくる！」

「えっ、ちょっと心《こころ》ちゃん――」

ひばりちゃんが何《なに》か言《い》ってたけど、よくは聞《き》こえなかった。なんだか、ひばりちゃんを置《お》いてけぼりにするみたいで、これはこれでちょっと罪悪感《ざいあくかん》があったりもする。

まあ、クロウさんも一緒《いっしょ》だから大丈夫《だいじょうぶ》だとは思《おも》うけど。

校庭《こうてい》と雑木林《ぞうきばやし》の境界線上《きょうかいせんじょう》には、レンガが並《なら》べられてる。レンガは三段《さんだん》に積《つ》まれていて、花壇《かだん》よりもちょっと高《たか》いくらいしかない。だから、わたしの足《あし》でも簡単《かんたん》にまたげる。

そのまま、生《お》い茂《しげ》る葉《は》っぱや枝《えだ》をかき分《わ》けて雑木林《ぞうきばやし》に入《はい》っていくと、孔雀《くじゃく》くんの背中《せなか》が見《み》えた。

「おや、心《こころ》ちゃんも来《き》てくれたんだね」

「うん。わたしもミステリー倶楽部《クラブ》の部員《ぶいん》だし！」

「ははっ、たよりにしてるよ。さて――」

孔雀《くじゃく》くんと一緒《いっしょ》に雑木林《ぞうきばやし》の中《なか》を見回《みまわ》す。内側《うちがわ》に入《はい》ると意外《いがい》にも木々《きぎ》はまばらで、広《ひろ》い空間《くうかん》がある。

すぐ先《さき》の地面《じめん》にはチョロチョロと小川《おがわ》が流《なが》れていて、その奥《おく》には学校《がっこう》の敷地《しきち》をぐるりと囲《かこ》む緑色《みどりいろ》の金網《かなあみ》フェンスが連《つら》なっている。

フェンスの向《む》こう側《がわ》には、さらに雑木林《ぞうきばやし》が広《ひろ》がっていた。こちらは小学校《しょうがっこう》の土地《とち》ではなく、確《たし》か鎌倉市《かまくらし》の土地《とち》か何《なに》かだったと思《おも》う。勝手《かって》に入《はい》ると怒《おこ》られるらしい。

その雑木林《ぞうきばやし》の向《む》こう側《がわ》には住宅地《じゅうたくち》が広《ひろ》がっているはずなんだけど、木々《きぎ》にさえぎられてほとんど見《み》えない。雑木林《ぞうきばやし》がきちんと目隠《めかく》しになってるってことだね。

「だいぶ暗《くら》いね。心《こころ》ちゃん、足《あし》もとに気《き》を付《つ》けてね」

「は～い」

孔雀《くじゃく》くんの言葉通《ことばどお》り、川沿《かわぞ》いは両側《りょうがわ》を雑木林《ぞうきばやし》に囲《かこ》まれているから、とてもうす暗《ぐら》い。まだ日《ひ》が高《たか》い今《いま》でこれなんだから、日《ひ》が沈《しず》んでからは文字通《もじどお》りの真《ま》っ暗闇《くらやみ》だろうなぁ。

「日没《にちぼつ》の後《あと》にこの雑木林《ぞうきばやし》に入《はい》るには、明《あ》かりがいるね」

「だよねぇ。う～ん、じゃあ、坂城《さかき》くんたちが見《み》たのは、誰《だれ》かの懐中電灯《かいちゅうでんとう》だかスマホのライトだかの明《あ》かりだったたってこと？」

「――いや。さすがの坂城《さかき》くんでも、電灯《でんとう》の光《ひかり》を『火《ひ》の玉《たま》』と見《み》まちがえるわけはないと思《おも》う」

孔雀《くじゃく》くんと一緒《いっしょ》に「推理《すいり》」を進《すす》めていく。

そう言《い》えば、わたしが孔雀《くじゃく》くんと話《はな》しながらあれこれ考《かんが》えていくのは、初《はじ》めてかもしれない。

……これ、わたしはちゃんと役《やく》に立《た》ってるのかな？

「孔雀《くじゃく》くん。もしかしてわたしがいない方《ほう》が、集中《しゅうちゅう》できた？」

「なんでさ。僕一人《ぼくひとり》で考《かんが》えているよりも、誰《だれ》かと一緒《いっしょ》に考《かんが》えた方《ほう》が視野《しや》が広《ひろ》がるから、助《たす》かるよ」

「そ、そうなんだ」

ほっと胸《むね》をなでおろす。

もしかしたら孔雀《くじゃく》くんのおせじかもしれないけど、「助《たす》かる」って言《い》ってもらえただけでモヤモヤが吹《ふ》き飛《と》ぶんだから、わたしも思《おも》ったより単純《たんじゅん》なのかも……。

「ふむ。地面《じめん》の方《ほう》は……そこそこ踏《ふ》み荒《あ》らされてる感《かん》じだね」

「なんか、くつのあとがいっぱいついてるね〜」

小川沿《おがわぞ》いの地面《じめん》には、葉《は》っぱがほとんど落《お》ちてない。土《つち》がむき出《だ》しになっているから、誰《だれ》かが歩《ある》くと足《あし》あとがくっきり残《のこ》ってしまう。

そこには今《いま》、くつあとがたくさんついていた。

「つい最近《さいきん》ついたくつあとに見《み》えるね。大人《おとな》の……だけじゃない、か。小《ちい》さいのもある」

「授業《じゅぎょう》とかそうじとかでついたのかな？」

「そうかもしれないいし、そうじゃないかもしれない。これだけだと、よくわからないね」

次《つぎ》に、孔雀《くじゃく》くんは小川《おがわ》に目《め》を向《む》けた。

この小川《おがわ》は、猫ヶ丘小学校《ねこがおかしょうがっこう》を建《た》てる時《とき》に一緒《いっしょ》に作《つく》られた人工《じんこう》の川《かわ》だ。近《ちか》くを流《なが》れる他《ほか》の小川《おがわ》から支流《しりゅう》のように水《みず》が流《なが》れこんでて、学校《がっこう》の敷地《しきち》を出《で》ると元《もと》の小川《おがわ》へ合流《ごうりゅう》する、という形《かたち》になってる。

授業《じゅぎょう》でみっちり教《おし》えてもらったから、よく覚《おぼ》えているんだ！

川《かわ》の中《なか》には、メダカかな？　小《ちい》さな魚《さかな》が泳《およ》いでいるのが見《み》える。

「人工《じんこう》の川《かわ》なのに、お魚《さかな》がちゃんとすむものなんだね～」

「自然《しぜん》というものは、案外《あんがい》たくましいのさ」

——その後《あと》も孔雀《くじゃく》くんと一緒《いっしょ》に雑木林《ぞうきばやし》を探索《たんさく》したけど、目《め》ぼしいものは見当《みあ》たらなかった。

＊＊＊

雑木林《ぞうきばやし》を出《で》ると、ひばりちゃんがヒマそうにしながら待《ま》っていた。

「どう？　なにか手《て》がかりはあった？」

孔雀《くじゃく》くんやわたしの頭《あたま》や服《ふく》についた葉《は》っぱなどを取《と》ってくれながら、ひばりちゃんがたずねてくる。

「大自然《だいしぜん》の素晴《すば》らしさを知《し》った以外《いがい》は、特《とく》に何《なに》も」

「なにそれ？」

「ほら、この中《なか》に人工《じんこう》の川《かわ》が流《なが》れてるだろう？　そこにきちんと、魚《さかな》がすんでたのさ。水《みず》もきれいだったし、もしかしたらホタルくらいいるかもしれないぞ？」

「あ～、わたしも知《し》ってる！　この近《ちか》くにも、ホタルがいる川《かわ》があるんだよね～！」

実《じっ》は、猫《ねこ》ケ丘《がおか》小学校《しょうがっこう》の近《ちか》くの山《やま》にはホタルのいる清流《せいりゅう》がある。なんでも、何十年《なんじゅうねん》も環境保護《かんきょうほご》をしてきた成果《せいか》が出《で》て、一度《いちど》は姿《すがた》を消《け》していたホタルが戻《もど》ってきたんだとか。

「ホタル、ね。そう言《い》えばまだ見《み》たことはないわね。『住宅街《じゅうたくがい》のホタル』なら何度《なんど》も見《み》ているけれども」

「『住宅街《じゅうたくがい》のホタル』？　なにそれ？」

ひばりちゃんの言葉《ことば》に、思《おも》わずわたしは首《くび》をかしげた。住宅街《じゅうたくがい》にもホタルがいるなんて話《はなし》は、聞《き》いたこともない。

「ええ、たくさんいるわよ。家《いえ》の中《なか》でタバコを吸《す》えなくなったお父《とう》さんやおじいさんたちが、庭《にわ》やベランダに出《で》て、一人《ひとり》さびしくタバコを吸《す》うのよ。夜《よる》になるとそのタバコの光《ひかり》がホタルみたいに見《み》えて……だから『住宅街《じゅうたくがい》のホタル』」

「な〜んだ。おじさんたちのタバコの話《はなし》〜？　もっときれいなのを想像《そうぞう》したのに……」

あまりにも夢《ゆめ》のない「住宅街《じゅうたくがい》のホタル」の正体《しょうたい》に、わたしはがっくりとうなだれた。

――けれども、わたしのとなりにいた孔雀《くじゃく》くんは、わたしとは逆《ぎゃく》に急《きゅう》に顔《かお》を上《あ》げた。まるで、何《なに》かに気付《きづ》いたかのように。

「……そうか、ホタルかもしれない」

「孔雀《くじゃく》？　なにか、わかったの？」

「いや、まだ全然《ぜんぜん》。でも、なんとなくこの事件《じけん》の正体《しょうたい》が見《み》えてきたというか……」

そのまま、孔雀《くじゃく》くんは何《なに》やら考《かんが》え込《こ》みながら、口元《くちもと》でぶつぶつとつぶやき始《はじ》めてしまった。

ひばりちゃんとわたしは、そんな彼《かれ》の様子《ようす》を見《み》ながら顔《かお》を見合《みあ》わせ、思《おも》わず苦笑《にがわら》いした。

どうやら、「名探偵孔雀《めいたんていくじゃく》」の頭脳《ずのう》が何《なに》かにたどりつこうとしているみたい！

三《さん》・謎《なぞ》の大男《おおおとこ》

結局《けっきょく》、孔雀《くじゃく》くんは「もうちょっと調《しら》べたいことがある」とだけ言《い》い残《のこ》して、どこかに行《い》ってしまった。

しかたないので、わたしとひばりちゃんは先《さき》に帰《かえ》ることにした。

いつの間《ま》にか時刻《じこく》は五時《ごじ》すぎ。でも、七月《しちがつ》だからまだ全然明《ぜんぜんあか》るい。これが冬《ふゆ》だったら、もう真《ま》っ暗《くら》になってただろうなぁ。

ひばりちゃんと二人《ふたり》、県道沿《けんどうぞ》いの歩道《ほどう》をてくてくと歩《ある》く。鎌倉猫《かまくらねこ》ヶ丘小学校《がおかしょうがっこう》は住宅地《じゅうたくち》の真《ま》ん中《なか》に建《た》ってるけど、わたしやひばりちゃんの家《いえ》はそことは別《べつ》の、ちょっと離《はな》れた住宅地《じゅうたくち》にある。

この辺《あた》りの住宅地《じゅうたくち》は山《やま》を切《き》り開《ひら》いて作《つく》られていて、道路《どうろ》はその谷間《たにま》をぬうように通《とお》っている。車《くるま》の通《とお》りは多《おお》いけど、人《ひと》はちょっと少《すく》ない。鎌倉《かまくら》の中心街《ちゅうしんがい》からずいぶん離《はな》れてるから、のんびりしたものだった。

小学校《しょうがっこう》からわたしの家《いえ》までの道《みち》の途中《とちゅう》には、「モノレール」っていう特殊《とくしゅ》な電車《でんしゃ》の駅《えき》もある。

モノレールは、地上十《ちじょうじゅう》メートルくらいに設置《せっち》されたレールからぶら下《さ》がる形《かたち》で走《はし》る電車《でんしゃ》。鎌《かま》倉市《くらし》の北《きた》と南《みなみ》のはしをつないでる。

乗《の》り心地《ここち》はちょっと独特《どくとく》で、まるで空《そら》を飛《と》んでるみたいな感《かん》じ。あの感覚《かんかく》は、実際《じっさい》に乗《の》ってみないと伝《つた》わらないかもね。

わたしはあまりモノレールには乗《の》らないけど、うちのお父《とう》さんなんかは通勤《つうきん》のために毎日《まいにち》使《つか》ってるらしい。

鎌倉《かまくら》は渋滞《じゅうたい》が多《おお》いから、バスだと予定時刻《よていじこく》から遅《おく》れることも多《おお》い。けど、モノレールは道路《どうろ》の上空《じょうくう》を通《とお》ってるから渋滞知《じゅうたいし》らず。きちんと予定通《よていとお》りに走《はし》ってくれるから、便利《べんり》みたい。

——わたしとひばりちゃんは、そのモノレールのレールを頭上《ずじょう》に眺《なが》めながら、ゆっくりとくぐり抜《ぬ》けていった。

レール越《ご》しに見《み》える空《そら》は晴《は》れそのもので、まだ梅雨《つゆ》の真《ま》っただ中《なか》だなんて、信《しん》じられないくらい。

「まだ梅雨《つゆ》なのに、毎日晴《まいにちは》れで助《たす》かるよね〜」

「私《わたし》たちはね。でも、地域《ちいき》によっては水不足《みずぶそく》になるらしいから、大変《たいへん》よ」

そんな、なんでもない世間話《せけんばなし》をしながら、ひばりちゃんと歩《ある》く。前《まえ》は、同《おな》じ方面《ほうめん》に帰《かえ》る友《とも》だちがいなかったから一人《ひとり》だったけど、今《いま》はひばりちゃんがいる。

なんだか、それがとってもうれしかった。

モノレールの駅《えき》をすぎてさらに歩《ある》くと、県道沿《けんどうぞ》いにいくつもの脇道《わきみち》が姿《すがた》を現《あらわ》す。

このあたりは昔《むかし》ながらの農村《のうそん》だったそうで、古《ふる》い道《みち》のなごりがたくさんあるんだとか。

新《あたら》しく作《つく》った道路《どうろ》は自動車《じどうしゃ》が通《とお》れるように広《ひろ》くなってるけど、古《ふる》くからある脇道《わきみち》は、車《くるま》が一《いち》台《だい》通《とお》れるか通《とお》れないかくらいのものも多《おお》い。

しかも、人通《ひとどお》りが少《すく》ない上《うえ》に崖沿《がけぞ》いだったり林沿《はやしぞ》いだったりしてうす暗《ぐら》い場所《ばしょ》も多《おお》いので、ちょっと怖《こわ》くもある。

鎌倉《かまくら》は治安《ちあん》がいいけど、それでも絶対安全《ぜったいあんぜん》ってわけじゃない。だから、お母《かあ》さんや先生《せんせい》には「できるだけ大《おお》きくて人通《ひとどお》りの多《おお》い道《みち》を歩《ある》きなさい」ってよく言《い》われたっけ。

「じゃあ、私《わたし》はこちらだから」

「ああ、うん。また明日《あした》ね、ひばりちゃん」

そうこうしているうちに、わたしの家《いえ》とひばりちゃんの家《いえ》との分《わ》かれ道《みち》に着《つ》いてしまった。

楽《たの》しくおしゃべりしてたから、本当《ほんとう》にあっと言《い》う間《ま》に感《かん》じる。

「そうだ。心《こころ》ちゃん、最近《さいきん》このあたりでひったくりが出《で》たそうだから、気《き》を付《つ》けてね」

「ひったくり？」

「ええ。原付《げんつき》バイクに二人乗《ふたりの》りして、後《うし》ろから近付《ちかづ》いてきて、荷物《にもつ》をうばっていくそうよ」

「ひぇえ。でも、小学生《しょうがくせい》もねらわれるのかな？」

「気《き》を付《つ》けるに越《こ》したことはないわよ」

「そだね。気《き》を付《つ》ける！」

そう言《い》って、おたがいに「バイバイ」して歩《ある》き出《だ》した、まさにその時《とき》のことだった。

「キャッ!?」

すぐ近《ちか》くから、女《おんな》の人《ひと》の悲鳴《ひめい》が聞《き》こえてきた！ 次《つ》いで、「ブオーン！」というバイクの音《おと》。

思《おも》わずひばりちゃんと向《む》かい合《あ》い、うなずき合《あ》う。

声《こえ》のした方《ほう》にかけつけると、脇道《わきみち》の途中《とちゅう》でおばあさんが転《ころ》んでいた。かわいそうに、ひざから は血《ち》が出《で》ていた。

すぐにおばあさんにかけ寄《よ》って声《こえ》をかける。

「大丈夫《だいじょうぶ》ですか!?」

「ううっ……バイクが近付《ちかづ》いてきて、バッグを取《と》られちゃったの……」

「ええっ!?」

うわさをすればなんとやら。まさか、ひったくりの話《はなし》をしたとたんに現《あらわ》れるなんて！

「ど、どうしよう、ひばりちゃん！　……ひばりちゃん？」

どうすればいいのかわからなくて、ひばりちゃんに相談《そうだん》しようと思《おも》ったら、ひばりちゃんはわたしに背中《せなか》を向《む》けて、どこかあさっての方向《ほうこう》を見《み》ていた。気《き》のせいか、その体《からだ》のまわりがかげろうのようにゆらいでいる。

「……心《こころ》ちゃんは、近《ちか》くのおうちに助《たす》けを求《もと》めて、警察《けいさつ》を呼《よ》んでもらって？　あと、おばあさんの介抱《かいほう》を」

「う、うん。でも、ひばりちゃんは？」

「心《こころ》ちゃん、私《わたし》は今《いま》、とても怒《おこ》っているわ。よくも……よくも私《わたし》の地元《じもと》でこんなことを！」

叫《さけ》ぶような怒《いか》りの声《こえ》を上《あ》げると、ひばりちゃんはそのまま勢《いきお》いよく走《はし》りだした。ぞうりなのに、ものすごい速《はや》さで。

「ちょっ、ひばりちゃん⁉」

止《と》める間《ま》もなく、ひばりちゃんの姿《すがた》はあっと言《い》う間《ま》に見《み》えなくなってしまった。

わたしはしかたなく、近《ちか》くの家《いえ》の人《ひと》に助《たす》けを求《もと》めて警察《けいさつ》を呼《よ》んでもらうことにした――

＊＊＊

それから数分後《すうふんご》。おばあさんを近所《きんじょ》の家《いえ》にあずけ、分《わ》かれ道《みち》のあたりまで戻《もど》ってみると、ちょうどひばりちゃんが戻《もど》ってきたところだった。

――けれども、すぐには声《こえ》をかけられなかった。そこに広《ひろ》がっていた、あまりにも非現実的《ひげんじつてき》な光景《こうけい》に、びっくりしてしまって。

何事《なにごと》もなかったようにスタスタとこちらへ歩《ある》いてくるひばりちゃん。その後《うし》ろには、見知《みし》らぬ大男《おおおとこ》がついてきていた。

しかもその大男《おおおとこ》は、両肩《りょうかた》に人間《にんげん》を二人《ふたり》のせて運《はこ》んでいた。

これ、どういう状況《じょうきょう》？　ちょっと理解《りかい》できないよ！

「あら、心《こころ》ちゃん。あのおばあさんは？」

「き、近所《きんじょ》の人《ひと》にあずかってもらってる……。というか、ひばりちゃん。その人《ひと》たちは……？」

「ああ、この二人《ふたり》はひったくり犯《はん》よ。まだそこいらをウロウロしていたから、捕《つか》まえるのは簡単《かんたん》だったわ」

「ええっ……」

なんと、ひばりちゃんはひったくり犯《はん》を捕《つか》まえてきたらしい！

……いやいや、それはそれですごいんだけど。その、もう一人《ひとり》の大男《おおおとこ》さんは、どちらさま？

「……？　ああ、そうか。心《こころ》ちゃんは見《み》るのは初《はじ》めてだったわね」

そう言《い》いながら、ひばりちゃんが振《ふ》り返《かえ》って大男《おおおとこ》のことを見上《みあ》げる。

年齢《ねんれい》は……二十歳《はたち》くらい？　ちょっと怖《こわ》い顔《かお》をしているけど、ハンサムと言《い》えばハンサムだ。

でも、おでこと左頬《ひだりほお》に三日月形《みかつきがた》の傷跡《きずあと》があって、なんというか迫力《はくりょく》がある。

背丈《せたけ》はたぶん、百八十《ひゃくはちじっ》センチくらいある感《かん》じ。黒《くろ》いシャツとズボン姿《すがた》で、細身《ほそみ》なんだけど服《ふく》からのぞく腕《うで》はいかにも筋肉質《きんにくしつ》って感《かん》じで、なんというか「とってもつよそう」。

「ひばりちゃん、その人《ひと》は……誰《だれ》？」

「そうね、見《み》てもわからないわよね。——いいわ。クロウさん、もう戻《もど》って」

「了解《りょうかい》です、お嬢《じょう》」

大男《おおおとこ》はとってもしぶい声《こえ》でそう言《い》うと、ひったくり犯《はん》たちを地面《じめん》に下《お》ろして——突然《とつぜん》、姿《すがた》を消《け》した！

ええっ!?　なに？　なにが起《お》こっているの!?

……というか、ひばりちゃん。今《いま》、「クロウさん」って言《い》わなかった?

そう言《い》えば、さっきからクロウさんの姿《すがた》が見《み》えなかったけど。

『ニャーン』

と、そのクロウさんが突然姿《とつぜんすがた》を現《あらわ》した。まるで、大男《おおおとこ》と入《い》れかわったみたいに。

え、ええと……もしかして?　いや、もしかしなくても、これは。

「ひばりちゃん」

「なあに?」

「もしかして、さっきの男《おとこ》の人《ひと》って……」

「ええ、クロウさんよ」

「やっぱりぃ⁉」

自分《じぶん》でも信《しん》じられないくらい大《おお》きな声《こえ》が出《で》た。

四《よん》．本当《ほんとう》のヒーロー

それからしばらくして、警察《けいさつ》と救急車《きゅうきゅうしゃ》がようやく到着《とうちゃく》した。

幸《さいわ》い、おばあさんに大《たい》したケガはなくって、荷物《にもつ》も無事《ぶじ》に戻《もど》ってきた。一安心《ひとあんしん》だね。

ひったくり犯《はん》の方《ほう》は……一体何《いったいなに》があったのか、警察《けいさつ》に何《なに》を聞《き》かれてもボケ～っとして、まともにしゃべれないみたいだった。

ひばりちゃんは警察《けいさつ》に、

「近《ちか》くでバイクごと転倒《てんとう》している二人《ふたり》を見《み》かけた。いきなり追《お》いかけてきたけど、しばらく走《はし》ったところで倒《たお》れて動《うご》かなくなった」

って説明《せつめい》してたけど、全部《ぜんぶ》ウソだよね、それ。実際《じっさい》はクロウさんが運《はこ》んでたもん。

たぶん、ひばりちゃんかクロウさんがひったくり犯《はん》に何《なに》かしたんだろうけど。何《なに》をしたのかは、ちょっと怖《こわ》くて訊《き》けないなぁ……

「ひばり！　心《こころ》ちゃん！」

その時《とき》、孔雀《くじゃく》くんが息《いき》を切《き》らして走《はし》ってきた。孔雀《くじゃく》くんにはめずらしく、とてもあせった感《かん》じ。

「二人《ふたり》とも大丈夫《だいじょうぶ》だった？　ひったくり事件《じけん》に巻《ま》きこまれたんだって？」

「あら、耳《みみ》が早《はや》いのね。大丈夫《だいじょうぶ》よ、孔雀《くじゃく》。巻《ま》きこまれたというより、目撃《もくげき》したってだけだから」

「そうか……よかった。心《こころ》ちゃんも、大事《だいじ》ないかい？」

「わたしは全然《ぜんぜん》！　警察《けいさつ》に説明《せつめい》するのも、全部《ぜんぶ》ひばりちゃんにおまかせしちゃったし」

「よかった……二人《ふたり》に何《なに》かあったらと思《おも》って、あせっちゃったよ」

見《み》れば、孔雀《くじゃく》くんは汗《あせ》びっしょりだった。もしかして、学校《がっこう》からここまで走《はし》ってきたのかな？

きっと、ひばりちゃんのことが心配《しんぱい》だったんだね。やっぱり、「お兄《にい》ちゃん」なんだなぁ。

――その後《あと》「念《ねん》のため」ということで、孔雀《くじゃく》くんがわたしを家《いえ》まで送《おく》ってくれることになった。

まず、ひばりちゃんたちの家《いえ》までついていって、ひばりちゃんとバイバイする。その後《あと》、孔雀《くじゃく》くんがわたしを送《おく》ってくれる、というかたち。

ひばりちゃんに見送《みおく》られながら、孔雀《くじゃく》くんと歩《ある》いていく。わたしの家《いえ》までは五分《ごふん》もかからないから、ほんのちょっとの道《みち》のりだ。

「ねえ、心《こころ》ちゃん」

ひばりちゃんの姿《すがた》が見《み》えなくなった頃《ころ》、孔雀《くじゃく》くんが突然話《とつぜんはな》しかけてきた。

「ん？　なあに？」

「ひばりはああ言《い》ってたけど、実際《じっさい》には、ちがうんじゃない？」

「えっ、何《なに》が？」

「ひったくり犯《はん》の件《けん》。あれを捕《つか》まえたのは、ひばりかクロウさんなんじゃないかい？」

一瞬《いっしゅん》、ドキッとする。

孔雀《くじゃく》くんには、ひばりちゃんたちがひったくり犯《はん》を捕《つか》まえたことは言《い》ってない。けど、どうもバレバレだったみたいだ。

「あ〜、ごめん。ひばりちゃんに、『心配《しんぱい》かけるから孔雀《くじゃく》にはだまっていて』って言《い》われて……」

「大丈夫《だいじょうぶ》、怒《おこ》ってるわけじゃないから。ひばりだって、僕《ぼく》に隠《かく》しごとをできるとは思《おも》ってないだろうし」

「……なんでわかったの？」

「昔《むかし》ね、似《に》たようなことがあったんだ。家族《かぞく》で出《で》かけた先《さき》でひったくり事件《じけん》があってね。そしたら、ひばりが近《ちか》くで倒《たお》れてる犯人《はんにん》を見付《みつ》けてきたんだ。さっきの連中《れんちゅう》みたいに、ボケっとして何《なに》もしゃべれない状態《じょうたい》で地面《じめん》に転《ころ》がってたよ」

なるほど、前《まえ》にも同《おな》じことがあったから、孔雀《くじゃく》くんもピンときたわけか。

「あの犯人《はんにん》たち、なにをされたの？　ふつうの感《かん》じじゃなかったけど」

「僕《ぼく》もひばりから聞《き》いただけだから詳《くわ》しくはないけどね、クロウさんは悪《わる》いやつの生気《せいき》を吸《す》い取《と》って、動《うご》けなくすることができるらしい」

「生気《せいき》？」

「生命《せいめい》エネルギーって言《い》えばわかるかな？　動《うご》いたり考《かんが》えたりする力《ちから》のことらしいよ。それを吸《す》われると、しばらくの間《あいだ》、頭《あたま》も体《からだ》も働《はたら》かなくなるんだってさ」

「クロウさん、そんなこともできるんだ。なんか、ひばりちゃんとクロウさんってアニメのヒーローみたい」

「……うん、そうだね。ひばりとクロウさんは、本当《ほんとう》のヒーローだと思《おも》う」

気《き》のせいか、そうつぶやいた孔雀《くじゃく》くんの声《こえ》は、ちょっとだけさみしそうに聞《き》こえた。でも、横目《よこめ》でながめた孔雀《くじゃく》くんの顔《かお》は、いつものやわらかな笑顔《えがお》のまま。

「孔雀《くじゃく》くん？」

「ああ、ごめんね心《こころ》ちゃん。ひばりはね、僕《ぼく》にとってヒーローなのさ。小《ちい》さい頃《ころ》からお化《ば》けや妖怪《ようかい》が視《み》えて、人知《ひとし》れず悪《わる》いやつらをこらしめて……ひばりは強《つよ》い。でもね、だからこそ心配《しんぱい》なんだ」

「心配《しんぱい》？　強《つよ》いのに？」

「だって、一人《ひとり》でなんでも解決《かいけつ》しようとするからね。いつか、抱《かか》えこみすぎてつぶれてしまうんじゃないかって」

わたしには、孔雀《くじゃく》くんが何《なん》を心配《しんぱい》してるのかよくわからなかった。ひばりちゃんなら、大体《だいたい》のことは自力《じりき》で解決《かいけつ》してしまうし、クロウさんだっている。

それに何《なに》より――

「そうかなぁ？　ひばりちゃんって結構《けっこう》、孔雀《くじゃく》くんのことをたよりにしてると思《おも》うよ」

「えっ？　そう、かな」

「うん。だって、『トイレの花子《はなこ》さん』の時《とき》も円堂茉祐《えんどうまゆ》ちゃんの時《とき》も、孔雀《くじゃく》くんの『推理《すいり》』で

『お化《ば》けなんていないんだ！』って他《ほか》の人《ひと》を納得《なっとく》させたから、解決《かいけつ》できたんだもん」

前《まえ》にひばりちゃんから聞《き》いた話《はなし》を思《おも》い出《だ》す。

「トイレの花子《はなこ》さん」のように、うわさ話《ばなし》から生《う》まれた妖怪《ようかい》は、ただ倒《たお》すだけでは消《き》えてくれない。同時《どうじ》にうわさ話《ばなし》もおさめないと、結局《けっきょく》またすぐに復活《ふっかつ》してしまうのだという。

だから、花子《はなこ》さんの時《とき》は孔雀《くじゃく》くんが全校児童《ぜんこうじどう》の前《まえ》で「推理《すいり》」を披露《ひろう》して、「トイレの花子《はなこ》さんはお化《ば》けではなく、人間《にんげん》のイタズラ」だとみんなに納得《なっとく》させた。あれでうわさがおさまったから、ひばりちゃんとクロウさんも花子《はなこ》さんを「消《け》す」ことができた。

「ひばりちゃんとクロウさんだけだったら、花子《はなこ》さんも、音楽室《おんがくしつ》のお化《ば》けも退治《たいじ》できてないもん。ひばりちゃんはきっと、孔雀《くじゃく》くんのこと、すっごくたよりに思《おも》ってるよ！」

「そう、かな」

「そうだよ！　絶対《ぜったい》そう！」

わたしは立《た》ち止《ど》まって、孔雀《くじゃく》くんの目《め》をじっと見《み》つめながら強《つよ》く主張《しゅちょう》した。

——ちょっと顔《かお》が近《ちか》すぎて、ドキッとしてすぐに半歩下《はんぽさ》がっちゃったから、カッコつかなかったけど。

「それに孔雀《くじゃく》くんのことだから、もう例《れい》の『火《ひ》の玉《たま》』さわぎの解決法《かいけつほう》、思《おも》いついてるんじゃない？」

「心《こころ》ちゃん……。ああっ、もちろんさ！　明日《あした》には解決《かいけつ》してみせるから、見《み》ててね」

そう言《い》って、孔雀《くじゃく》くんはさわやかな笑顔《えがお》を浮《う》かべながら親指《おやゆび》をビシッと立《た》てた。

やっぱりそのポーズはちょっとカッコ悪《わる》かったけど、わたしは孔雀《くじゃく》くんをとってもカッコいいと思《おも》った。


「送《おく》ってくれてありがとう」

「どういたしまして」

当《あ》たり前《まえ》だけど、わたしの家《いえ》には無事《ぶじ》についた。

孔雀《くじゃく》くんたちの家《いえ》からすぐご近所《きんじょ》だし、広《ひろ》い道《みち》しか通《とお》らないからね。

まあ、それでも「万《まん》が一《いち》」っていうこともあるんだけど……

「あ、それとね孔雀《くじゃく》くん」

「なんだい？」

「孔雀《くじゃく》くんがひばりちゃんのことを大切《たいせつ》に思《おも》って心配《しんぱい》してるように、たぶんひばりちゃんも孔雀《くじゃく》くんのこと、とっても大切《たいせつ》に思《おも》って心配《しんぱい》してると思《おも》うよ」

「ええっ？　いきなりどうしたの」

「ふふっ、孔雀《くじゃく》くんにはヒミツ〜！　バイバイ〜」

「ちょっと、心《こころ》ちゃん？　どういうことなんだい？」

とまどう孔雀《くじゃく》くんを置《お》いて、わたしは家《いえ》の中《なか》にヒラリと入《はい》ってしまう。

ドアを閉《し》める直前《ちょくぜん》、お向《む》かいさんの塀《へい》の上《うえ》に見慣《みな》れた黒白猫《くろしろねこ》の姿《すがた》を見《み》つけて、わたしは苦笑《にがわら》いをガマンできなかった。

ひばりちゃんって、孔雀《くじゃく》くんのことが心配《しんぱい》でたまらないんだなって。

あの二人《ふたり》、正反対《せいはんたい》に見《み》えて実《じつ》はそっくりだよね、ホント。

五《ご》. 火《ひ》の玉《たま》の正体《しょうたい》見《み》たり

翌日《よくじつ》の放課後《ほうかご》、わたしとひばりちゃんは職員室《しょくいんしつ》に呼《よ》び出《だ》された。なんでも、昨日《きのう》のひったくり事件《じけん》について話《はなし》を聞《き》きたいのだとかなんとか。

わたしとひばりちゃんは、すぐに近所《きんじょ》の人《ひと》にたのんで警察《けいさつ》を呼《よ》んでもらったり、おばあさんを介抱《かいほう》したり、犯人《はんにん》を見付《みつ》けてすぐ警察《けいさつ》に知《し》らせたりで、ご近所《きんじょ》の人《ひと》にも警察《けいさつ》の人《ひと》にも、いっぱいほめてもらってた。

だから、「もしかして、先生《せんせい》たちにもほめてもらえるのかな？」なんてワクワクしながら職《しょく》員室《いんしつ》へ行《い》ったんだけど――

「八重垣《やえがき》、綾里《あやさと》！　なんて危《あぶ》ないことをしてるんだ！　何《なに》かあったらどうするつもりだったんだ！」

「えっ……？」

待《ま》っていたのは、先生《せんせい》からの「おしかり」だった。……なんで？

わたしたちを呼《よ》び出《だ》したのは、学年主任《がくねんしゅにん》の伏見先生《ふしみせんせい》だった。確《たし》か、一組《いちくみ》――ひばりちゃんたちの担任《たんにん》だ。

伏見先生《ふしみせんせい》は、四十歳《よんじっさい》くらいのおじさん先生《せんせい》。ちょっと太《ふと》っていて、度《ど》の強《つよ》そうなメガネをかけていて、なんだかいつもプリプリ怒《おこ》っているイメージしかない。

正直《しょうじき》、わたしはこの先生《せんせい》が好《す》きじゃなかった。というか、たぶん好《す》きだという子《こ》の方《ほう》が少《すく》ないと思《おも》う。

すぐに怒鳴《どな》るし、他人《たにん》の話《はなし》を聞《き》かないし、いつも洗《あら》ってないジャージ姿《すがた》だし。

なんでこんな先生《せんせい》が学年主任《がくねんしゅにん》なんだろ？　って何度《なんど》も思《おも》ったくらい。

「おい、聞《き》いてるのか二人《ふたり》とも！」

「聞《き》いてますよ～。というか、わたしたちなんで怒《おこ》られてるんですか？　ひったくり事件《じけん》に出《で》くわして、被害者《ひがいしゃ》の人《ひと》を介抱《かいほう》して、近所《きんじょ》の大人《おとな》に助《たす》けを求《もと》めただけなんですけど？」

「フラフラ歩《ある》いてるから事件《じけん》に遭遇《そうぐう》するんだ！　まっすぐ家《いえ》に帰《かえ》れ！」

「……えぇっ？　わたしたちが歩《ある》いてたの、ふつうに通学路《つうがくろ》なんですけど？」

「綾里《あやさと》、お前《まえ》……先生《せんせい》に口答《くちごた》えするのか！」

――うわあ、どうしよう。全然話《ぜんぜんはなし》が通《つう》じないよ～！

この先生《せんせい》、なにをそんなに怒《おこ》ってるんだろう？

ひばりちゃんなんかあきれかえって、さっきから窓《まど》の外《そと》ばっかり見《み》てるし！

その後《あと》も、伏見先生《ふしみせんせい》の謎《なぞ》のお説教《せっきょう》は延々《えんえん》と続《つづ》いた。

他《ほか》の先生《せんせい》に助《たす》けを求《もと》めようかと思《おも》ったけど、今日《きょう》は部活《ぶかつ》や委員会《いいんかい》が多《おお》いからか、職員室《しょくいんしつ》の人《ひと》影《かげ》はまばらだった。

よく知《し》ってる先生《せんせい》が見当《みあ》たらないので、助《たす》けを求《もと》めようがない。

「こらあ！　どこ見《み》てんだ綾里《あやさと》ぉ！　先生《せんせい》の話《はなし》をきちんと聞《き》かんか！」

「ううっ……」

正直《しょうじき》、大人《おとな》の男《おとこ》の人《ひと》に間近《まぢか》で怒鳴《どな》られるだけでも、けっこう怖《こわ》い。

それがもう十分《じっぷん》くらい続《つづ》いてる。しかもこの人《ひと》、ずっと似《に》たような話《はなし》しかしてないし！

最初《さいしょ》は適当《てきとう》にあしらってたひばりちゃんも、さすがにイライラしてきたのか、こめかみのあたりがピクピクしてる。

まずい、このままだとクロウさんを伏見先生《ふしみせんせい》にけしかけて、マルカジリさせてしまうかもしれない！

――なんて、わたしが考《かんが》えた時《とき》のことだった。

「伏見先生《ふしみせんせい》、そこまでにしてはいかがですか？」

「げっ、校長先生《こうちょうせんせい》……教頭先生《きょうとうせんせい》も」

いつの間《ま》にか、校長先生《こうちょうせんせい》と教頭先生《きょうとうせんせい》がそろってわたしたちの近《ちか》くに立《た》っていた。

校長先生《こうちょうせんせい》は、もう「おじいちゃん」って感《かん》じの見《み》た目《め》。朝礼《ちょうれい》とかで「わかるようなわからないような」話《はなし》ばかりするけど、やさしいからみんなには人気《にんき》がある。

教頭先生《きょうとうせんせい》はまだ若《わか》くて、「真面目《まじめ》！」って感《かん》じの人《ひと》。でも、えこひいきとかそういうことをまったくしないから、尊敬《そんけい》してる子《こ》が多《おお》い。

そんな二人《ふたり》が、伏見先生《ふしみせんせい》をじっと見《み》つめていた。校長先生《こうちょうせんせい》はニコニコしながら。教頭先生《きょうとうせんせい》はまったくの真顔《まがお》で。

「伏見先生《ふしみせんせい》。そもそも、校長先生《こうちょうせんせい》があなたにお願《ねが》いしたのは、事件《じけん》に遭遇《そうぐう》した児童二人《じどうふたり》のケアと、自分《じぶん》たちでどうにかしようとせず周囲《しゅうい》の大人《おとな》をたよったことをほめてほしい、ということだったはずです。今《いま》の先生《せんせい》のご様子《ようす》ですと、どうもしかりつけているように見《み》えましたが？」

「うっ。そ、それは……」

教頭先生《きょうとうせんせい》が落《お》ち着《つ》いた口調《くちょう》で伏見先生《ふしみせんせい》にたずねる。伏見先生《ふしみせんせい》はすっかりたじたじだった。

「で、では今日《きょう》はこのくらいで。八重垣《やえがき》、綾里《あやさと》、しっかりはげむんだぞ！」

そんな捨《す》てゼリフを残《のこ》して、伏見先生《ふしみせんせい》はどこかへ行《い》ってしまった。

……はげむって、何《なに》をはげめと言《い》うんだろ？　伏見先生《ふしみせんせい》があんな失礼《しつれい》なことを言《い》うとは
「すまなかったね、二人《ふたり》とも。まさか、伏見先生《ふしみせんせい》があんな失礼《しつれい》なことを言《い》うとは」

校長先生《こうちょうせんせい》がわたしたちに頭《あたま》を下《さ》げる。

うわっ、子《こ》ども相手《あいて》にきちんと頭《あたま》を下《さ》げてくれる大人《おとな》の人《ひと》って、初《はじ》めて見《み》たかもしれない。

「部活《ぶかつ》もあるのでしょう？　例《れい》の、ミステリー倶楽部《クラブ》という。がんばってくださいね」

「あ、はい！」

「……ありがとうございます」

校長先生《こうちょうせんせい》の言葉《ことば》に、わたしとひばりちゃんがそれぞれお礼《れい》を言《い》う。

そっか、ミステリー倶楽部《クラブ》はちゃんとした学校《がっこう》の部活《ぶかつ》だから、校長先生《こうちょうせんせい》も当然《とうぜん》知《し》ってるんだね。

こうして、わたしとひばりちゃんは、ようやく職員室《しょくいんしつ》から解放《かいほう》された。

＊＊＊

「やあ、遅《おそ》かったね二人《ふたり》とも」

ミステリー倶楽部《クラブ》の部室《ぶしつ》では、孔雀《くじゃく》くんが一人《ひとり》でくつろいでいた。

うう、わたしたちがあんなに目《め》にあってたのに、ずるい！

けれど——

「孔雀《くじゃく》。あなた、校長先生《こうちょうせんせい》と教頭先生《きょうとうせんせい》に何《なに》か言《い》った？」

「なんのことだい？　僕《ぼく》はずっと部室《ぶしつ》にいたから、二人《ふたり》には会《あ》ってないけど」

「……そう。そういうことにしておくわ」

ひばりちゃんと孔雀《くじゃく》くんが、なにやら意味深《いみしん》な会話《かいわ》をした。

……え〜と。これってもしかして、孔雀《くじゃく》くんがわたしたちのために何《なに》かしたってこと？

確《たし》かに、校長先生《こうちょうせんせい》たち、わたしが「たすけて〜」って思《おも》ったタイミングで来《き》てくれたけど
……まさか。

気《き》になる。気《き》になるけど、ひばりちゃんは追及《ついきゅう》する気《き》がないみたいだから、わたしがかわりに聞《き》いちゃうっていうのも、なんか空気読《くうきよ》めてないみたいでイヤだし！

しょうがない、忘《わす》れることにしよ……

「そんなことより、孔雀《くじゃく》。例《れい》の『火《ひ》の玉《たま》』の件《けん》は、当然何《とうぜんなに》かわかったのよね？　昨日《きのう》の夜《よる》も、どこかに出《で》かけてたみたいだし」

わたしのビミョーな気持《きも》ちを読《よ》み取《と》ってくれたのか、ひばりちゃんがサッと話題《わだい》を変《か》えてくれた。

そうだ、例《れい》の「火《ひ》の玉《たま》」の件《けん》は、どうなったんだろう？　というか、孔雀《くじゃく》くん。あの後《あと》、日《ひ》が暮《く》れてからどこかに出《で》かけてたの？

「もちろん。――謎《なぞ》はすべて解《と》けたよ」

孔雀《くじゃく》くんが、いつもの自信満々《じしんまんまん》な笑顔《えがお》と共《とも》に、そう言《い》った。

＊＊＊

わたしたちはまた、例《れい》の雑木林《ぞうきばやし》の前《まえ》まで来《き》ていた。どうやら孔雀《くじゃく》くんは、ここで種明《たねあ》かしをするらしい。

「それで孔雀《くじゃく》くん。『火《ひ》の玉《たま》』の正体《しょうたい》は、一体何《いったいなん》だったの？」

「ふふっ。心《こころ》ちゃん、気《き》になるのはわかるけど、順《じゅん》を追《お》って説明《せつめい》させてね。――まず最初《さいしょ》に、今回《こんかい》の『火《ひ》の玉《たま》』は、妖怪《ようかい》やお化《ば》けのしわざではないみたいだ」

「そうね。私《わたし》も心《こころ》ちゃんも、何《なに》も感《かん》じないもの」

ひばりちゃんの言葉《ことば》に、わたしもウンウンとうなずく。

今《いま》も雑木林《ぞうきばやし》の中《なか》からは、特《とく》に何《なに》も感《かん》じない。お化《ば》けが出《で》そうには見《み》えなかった。

「お化《ば》けじゃないとしたら、なんなの？　逆《ぎゃく》にワクワクするんだけど」

「ははっ、残念《ざんねん》ながら心《こころ》ちゃんがワクワクするようなものではなかったよ」

「な～んだ」

「じゃあ、さっそく種明《たねあ》かしをするから、ちょっと待《ま》ってて？」

そう言《い》うと、孔雀《くじゃく》くんは一人《ひとり》で雑木林《ぞうきばやし》の中《なか》へ入《はい》っていってしまった。「待《ま》ってて」と言《い》われたから、しかたなくひばりちゃんと一緒《いっしょ》におとなしく待《ま》つ。

すると――

「二人《ふたり》とも～、僕《ぼく》の姿《すがた》が見《み》えるかい？」

雑木林《ぞうきばやし》の中《なか》から、孔雀《くじゃく》くんの声《こえ》だけが聞《き》こえた。

「……木《き》がジャマでまったく見《み》えないわね。心《こころ》ちゃんは？」

「ん～、わたしも見《み》えない～」

校庭側《こうていがわ》からは孔雀《くじゃく》くんの姿《すがた》はまったく見《み》えない。木《き》がジャマだし、何《なに》より雑木林《ぞうきばやし》の中《なか》がうす暗《ぐら》いから、当《あ》たり前《まえ》だよね。

「よし、じゃあこれならどうかな？」

そう孔雀《くじゃく》くんが言《い》った瞬間《しゅんかん》、雑木林《ぞうきばやし》の中《なか》から強《つよ》い光《ひかり》がわたしの目《め》に飛《と》びこんできた！

「わっ⁉　まぶし‼」

「ちょっと孔雀《くじゃく》。それはスマホのライトかしら？　あまり目《め》にいいものじゃないから、直接見《ちょくせつみ》せないでほしいのだけど……」

「ああ、ごめんごめん。もっと弱《よわ》い光源《こうげん》を用意《ようい》すべきだったね……」

そう言《い》いながら、雑木林《ぞうきばやし》の中《なか》から孔雀《くじゃく》くんが姿《すがた》を現《あらわ》す。その手《て》には、ライトがオンになったスマホを持《も》っている。

うう、まだ目《め》がチカチカする……。スマホのライトって、けっこうまぶしいんだよね。直接目《ちょくせつめ》で見《み》たら危《あぶ》ないやつだ。

「今見《いまみ》てもらった通《とお》り、この雑木林《ぞうきばやし》は中《なか》に誰《だれ》かいても、校庭側《こうていがわ》からだとほとんどわからない。けど、雑木林《ぞうきばやし》の内側《うちがわ》から光《ひかり》で照《て》らすと、校庭側《こうていがわ》からでもはっきりとそれが見《み》えるんだ」

「確《たし》かに。木々《きぎ》の間《あいだ》から光《ひかり》が『もれてきた』というよりは、はっきりと光源《こうげん》そのものが見《み》えた感《かん》じね」

ひばりちゃんの言葉《ことば》に、孔雀《くじゃく》くんがうなずく。

実際《じっさい》、ひばりちゃんは雑木林《ぞうきばやし》から差《さ》した光《ひかり》が「スマホのライト」だってことに、すぐに気付《きづ》いてたもんね。

わたしは、ただまぶしいだけだったけど……

「うん。木々《きぎ》は、一見《いっけん》すると雑木林《ぞうきばやし》の中《なか》を完全《かんぜん》におおい隠《かく》しているように思《おも》えるけど、実際《じっさい》にはかなりすきまがある。もし周囲《しゅうい》が真《ま》っ暗《くら》なら、雑木林《ぞうきばやし》の中《なか》のとても弱《よわ》い光《ひかり》であっても、校庭《こうてい》側《がわ》から見《み》えるはずなんだ——というか、昨日《きのう》の夜《よる》、実際《じっさい》に見《み》たんだけどね」

「……どういうこと？　結論《けつろん》から言《い》いなさいな、孔雀《くじゃく》」

「……そうだね。あまり面白《おもしろ》い答《こた》えでもないし、はっきり言《い》おう——ひばり、心《こころ》ちゃん。坂城《さかき》くんたちが見《み》た『火《ひ》の玉《たま》』の正体《しょうたい》はね、タバコの火《ひ》だったんだ」

六《ろく》・意外《いがい》な正体《しょうたい》

「……タバコの火《ひ》～？　でも、タバコの火《ひ》じゃ『火《ひ》の玉《たま》』というほど大《おお》きくないような気《き》が」

「うん、僕《ぼく》もそう思《おも》うよ。でも、坂城《さかき》くんはこう言《い》っていたんだ。『林《はやし》の中《なか》に、チラチラ小《ちい》さな光《ひかり》が見《み》えて、動《うご》いてた』って」

「あ～！　そう言《い》えば！」

わたしはそこでようやく、坂城《さかき》くんが言《い》っていたことの矛盾《むじゅん》に気付《きづ》いた。

「火《ひ》の玉《たま》」っていう言葉《ことば》からイメージするのは、もっとこう、にぎりこぶしくらいの大《おお》きさだと思《おも》う。けど、坂城《さかき》くんはあの時《とき》、「小《ちい》さな光《ひかり》が見《み》えた」って言《い》ってた。

そう言《い》えば、坂城《さかき》くんってなんでもかんでも大《おお》げさに言《い》うんだよね。

「でっかいカブトムシを見《み》た！」って言《い》ってた時《とき》も、自分《じぶん》の上履《うわば》きを指《ゆび》さして「このくらい大《おお》きかった」って言《い》ってたし。

そんな大《おお》きいカブトムシ、日本《にっぽん》にいるわけないのに。

「坂城《さかき》くんは光《ひかり》の色《いろ》を『オレンジ』とも言《い》っていた。つまり、彼《かれ》が見《み》たのは『火《ひ》の玉《たま》』というより『オレンジ色《いろ》の小《ちい》さな光《ひかり》』と言《い》った方《ほう》が正確《せいかく》なんだ——そして、僕《ぼく》は昨晩《さくばん》、それと同《おな》じものをここで見《み》た。ちゃんと校長先生《こうちょうせんせい》に許可《きょか》をもらって、夜《よる》の校庭《こうてい》を見《み》に行《い》ってね。そうしたら、当《あ》たりだったよ。たまにライターの火《ひ》も見《み》えてね、そっちは点《つ》いたり消《き》えたりするから、坂城《さかき》くんはその印象《いんしょう》も混《ま》ざったんじゃないかな」

「一体誰《いったいだれ》が、こんな所《ところ》でタバコなんて吸《す》っていたのよ」

「幸《さいわ》いにして、不審者《ふしんしゃ》ではなかったよ。タバコを吸《す》っていたのはね、一部《いちぶ》の先生《せんせい》たちさ」

「えぇっ⁉　先生《せんせい》たちが？　なんでわざわざこんな場所《ばしょ》で～？」

意外《いがい》な答《こた》えに、わたしは思《おも》わず大《おお》きな声《こえ》を上《あ》げて驚《おどろ》いてしまった。

先生《せんせい》たちが、夜《よる》になってから雑木林《ぞうきばやし》の中《なか》に分《わ》け入《い》ってタバコを吸《す》う——あまりにも不気味《ぶきみ》すぎる光景《こうけい》だ。

何《なに》か深《ふか》い理由《りゆう》があるのかな？　って思《おも》ったけど、その答《こた》えは孔雀《くじゃく》くんが知《し》っていた。

「二人《ふたり》とも覚《おぼ》えてるかな？　僕《ぼく》らが小学校《しょうがっこう》に入《はい》った頃《ころ》に、市内《しない》の小学校《しょうがっこう》が全面禁煙《ぜんめんきんえん》になったじゃないか。前《まえ》は、職員室《しょくいんしつ》の近《ちか》くに喫煙室《きつえんしつ》があったけど、今《いま》はないだろう？」

「あぁ～、そう言《い》えば。昔《むかし》は職員室《しょくいんしつ》に来《く》るとちょっとタバコくさかったけど、最近《さいきん》はにおわないもんね」

そうそう、ちょうどわたしたちが一年生《いちねんせい》だか二年生《にねんせい》だかの時《とき》に、学校《がっこう》が全面禁煙《ぜんめんきんえん》になったんだよね。

前《まえ》はどこかに灰皿《はいざら》があったらしいけど、今《いま》は学校内《がっこうない》のどこにもないみたいだし。

「……なるほどね。それで、タバコを吸《す》う場所《ばしょ》をうばわれた一部《いちぶ》の先生方《せんせいがた》が、ガマンできずに雑木林《ぞうきばやし》に隠《かく》れてタバコを吸《す》っていた、というわけね？」

「その通《とお》りさ、ひばり。雑木林《ぞうきばやし》の中《なか》なら、校舎《こうしゃ》まで煙《けむり》もにおいも届《とど》かないしね。先生方《せんせいかた》も気《き》を付《つ》けているのか、雑木林《ぞうきばやし》の中《なか》には吸《す》いがらはおろか、灰《はい》だってろくに落《お》ちてなかったよ。小川《おがわ》があるから、火事《かじ》になる心配《しんぱい》も少《すく》ないしね」

「はぁ〜、なるほど〜。『住宅街《じゅうたくがい》のホタル』ならぬ、『猫ケ丘小《ねこがおかしょう》のホタル』だね〜」

昨日《きのう》ひばりちゃんから聞《き》いた、「住宅街《じゅうたくがい》のホタル」の話《はなし》を思《おも》い出《だ》す。家《いえ》の中《なか》でタバコを吸《す》えなくなったおじさんたちが、庭《にわ》に出《で》てタバコを吸《す》っている光《ひかり》がホタルみたいに見《み》える、というアレ。

ひばりちゃんたちは、わたしの言葉《ことば》にちょっとだけキョトンとした顔《かお》をすると、すぐに笑《わら》いだした。

「ふふっ。ホタルとちがって、きれいでもなんでもないけれどね？　——ところで孔雀《くじゃく》。タバコを吸《す》っていた教師《きょうし》というのは、一体誰《いったいだれ》なの？」

「ああ。驚《おどろ》いたことに、僕《ぼく》らの担任《たんにん》にして学年主任《がくねんしゅにん》の伏見先生《ふしみせんせい》と他数名《ほかすうめい》さ」

「げげっ、あの先生《せんせい》かぁ」

さっき職員室《しょくいんしつ》でわけのわからないしかられ方《かた》をしたのを思《おも》い出《だ》して、思《おも》わず「うげー」となる。

「あきれた。伏見《ふしみ》のやつ、えらそうにしておいて自分《じぶん》は裏《うら》でコソコソ悪《わる》いことをしていたというわけ？　……本格的《ほんかくてき》にお仕置《しお》きしてやろうかしら」

「まあまあ、ひばり。あんな人《ひと》でも僕《ぼく》らの担任《たんにん》だ。今《いま》は勘弁《かんべん》してあげなよ。それにね、昨日《きのう》ひばりたちが事件《じけん》に巻《ま》きこまれたかもって僕《ぼく》に知《し》らせてくれたのは、伏見先生《ふしみせんせい》なんだよ」

「ええっ？　あの先生《せんせい》がわざわざそんなことを教《おし》えてくれたの？」

それは少《すこ》し意外《いがい》だった。もしかして伏見先生《ふしみせんせい》、実《じつ》はいい人《ひと》なの？

——なんて思《おも》ったんだけど、ちがった。

「学年主任《がくねんしゅにん》だからね。『猫ケ丘小《ねこがおかしょう》の五年生《ごねんせい》が事件《じけん》に巻《ま》きこまれた』という警察《けいさつ》からの連絡《れんらく》を受《う》けて、対応《たいおう》したのがあの人《ひと》だったというだけさ。僕《ぼく》に教《おし》えてくれた時《とき》も、『おい、お前《まえ》の妹《いもうと》がトラブルを起《お》こしたぞ』って、ひどい言《い》いがかりだったからね」

「わっ、やっぱりイヤな人《ひと》だ⁉」

「僕《ぼく》もあの人《ひと》の行動《こうどう》は目《め》にあまると思《おも》っているよ。でも、それをどうにかするのは今《いま》じゃない。……いずれ、ね」

そう言《い》うと、孔雀《くじゃく》くんはとっても悪《わる》そうな笑《え》顔《がお》を浮《う》かべた。

……う〜ん、孔雀《くじゃく》くんは味方《みかた》だとたのもしいけど、敵《てき》に回《まわ》したら怖《こわ》そうだな〜。

「まあ、伏見《ふしみ》のやつはいずれどうにかするとして――で、孔雀《くじゃく》。どうするの？　坂城《さかき》には、ありのままを報告《ほうこく》するの？」

「……そこなんだけど。坂城《さかき》くんにそのままを伝《つた》えたら、きっと大《おお》さわぎすると思《おも》うんだよね。へたをすると、先生《せんせい》たちが処分《しょぶん》されてしまうかもしれない。隠《かく》れてタバコを吸《す》ってたこと自体《じたい》

は、悪《わる》いことだしね。でも――」

「『先生《せんせい》たちが不利益《ふりえき》をこうむるような事態《じたい》は避《さ》けたい』、かしら？」

「……うん。正直《しょうじき》、伏見先生《ふしみせんせい》はどうでもいいけど、下手《へた》をしたら校長先生《こうちょうせんせい》が責任《せきにん》を取《と》る羽目《はめ》になるかもしれないしね。それはさけたい」

確《たし》かに、孔雀《くじゃく》くんの言《い》う通《とお》りだと思《おも》った。

はっきり言《い》って、坂城《さかき》くんは問題児《もんだいじ》だ。もし、「先生《せんせい》たちが隠《かく》れてタバコを吸《す》ってた」と坂《さか》城《き》くんが知《し》ったら、それを大声《おおごえ》で周囲《しゅうい》に広《ひろ》めるにちがいない。もちろん、よけいな尾《お》ひれまでつけて。

最悪《さいあく》、タバコを吸《す》っていた伏見先生《ふしみせんせい》たちだけじゃなく、校長先生《こうちょうせんせい》や教頭先生《きょうとうせんせい》まで責任《せきにん》を取《と》らないといけなくなるかもしれない。

わたしも校長先生《こうちょうせんせい》と教頭先生《きょうとうせんせい》のことはけっこう好《す》きなので、それはイヤだった。

「だから僕《ぼく》は、坂城《さかき》くんにはウソの真相《しんそう》を伝《つた》えようと思《おも》うんだ。二人《ふたり》はどう思《おも》う？」

「いいんじゃないかしら？　あの坂城《さかき》に本当《ほんとう》のことを伝《つた》えたところで、誰《だれ》も得《とく》をしないわ」

「あ、わたしもさんせい～！」

こうして、わたしたちミステリー倶楽部《クラブ》の三人《さんにん》は、坂城《さかき》くんに「ウソ」の真相《しんそう》を伝《つた》えることにした。

いつものように、「お化《ば》けや妖怪《ようかい》なんていない」と思《おも》わせるためのウソじゃなくて、誰《だれ》かを守《まも》るためのウソだ。

でもまさか、それがあんな結果《けっか》になっちゃうなんて、この時《とき》のわたしたちは思《おも》いもしなかった――

＊＊＊

さらに翌日《よくじつ》の放課後《ほうかご》。

「ミステリー倶楽部《クラブ》」の部室《ぶしつ》には、わたしたち三人《さんにん》に加《くわ》えて、依頼人《いらいにん》の坂城《さかき》くんの姿《すがた》があった。

坂城《さかき》くんに「ウソの真相《しんそう》」を伝《つた》えるために、孔雀《くじゃく》くんが呼《よ》んだのだ。

「ででっ⁉『火《ひ》の玉《たま》』の正体《しょうたい》は分《わ》かったんだよな、孔雀《くじゃく》！」

「……もちろんさ。だからこそ、こうして君《きみ》を呼《よ》んだんだ」

そう言《い》って、満面《まんめん》の笑《え》みを浮《う》かべる孔雀《くじゃく》くん。

あやしさなんて少《すこ》しも感《かん》じさせないその笑顔《えがお》は、「いい人《ひと》」そのもの。とてもこれから、「ウソ」で他人《たにん》をだまそうとしている人間《にんげん》の表情《ひょうじょう》には見《み》えない。

「ででっ!?　正体《しょうたい》はなんだったんだよ!?」

「ああ。君《きみ》が見《み》た『火《ひ》の玉《たま》』の正体《しょうたい》、それは――」

「それは？」

「『火《ひ》の玉《たま》』じゃなくてホタルだったんだ」

七《なな》．マボロシのホタル

「ホ、ホタルぅ!?　ホタルって、あの、光《ひか》る虫《むし》の？」

びっくりする坂城《さかき》くんに、孔雀《くじゃく》くんが真剣《しんけん》な顔《かお》でうなずく――けど、これはもちろん大《おお》ウソ。

実際《じっさい》には、坂城《さかき》くんが見《み》た『火《ひ》の玉《たま》』の正体《しょうたい》はタバコの火《ひ》だった。でも、それを坂城《さかき》くんに伝《つた》えるといろいろと問題《もんだい》を起《お》こしそうなので、絶対《ぜったい》に教《おし》えるわけにはいかない。

すべては、孔雀《くじゃく》くんがいかに上手《じょうず》にウソをつくかにかかってる！

「ああ、あのホタルだ。雑木林《ぞうきばやし》の中《なか》に小川《おがわ》が流《なが》れているのは、坂城《さかき》くんも知《し》ってるよね？」

「おう！　中《なか》に入《はい》って遊《あそ》んだこともあるぞ！」

「……だったら、これからは中《なか》に入《はい》るのはやめておいた方《ほう》がいい。ホタルはね、きれいな水場《みずば》にしかすめないんだ。あの小川《おがわ》は、今《いま》はとってもきれいな状態《じょうたい》なんだね。だから、どこかからホタルが引《ひ》っ越《こ》してきたんだよ。——でも、もし小川《おがわ》が汚《よご》れたりしたら、ホタルも全滅《ぜんめつ》するかもしれない」

「ぜん、めつ……？　死《し》ぬってことか!?」

「うん、そうだね。みんな死《し》んでしまう」

孔雀《くじゃく》くんの言葉《ことば》に、ショックを受《う》ける坂城《さかき》くん。

問題児《もんだいじ》ではあるんだけど、坂城《さかき》くんには心《こころ》やさしい部分《ぶぶん》もあるんだね……というか、ただ単《たん》純《じゅん》なだけか。

——けど、そこで坂城《さかき》くんの口《くち》から意外《いがい》な言葉《ことば》が出《で》た。

「……あれ？　ホタルの光《ひかり》ってオレンジじゃなくて、キミドリじゃなかったっけか？　前《まえ》に近《ちか》くの川《かわ》で見《み》た時《とき》は、キミドリだったような」

「——っ」

わたしたち三人《さんにん》の間《あいだ》に緊張《きんちょう》が走《はし》る。坂城《さかき》くんには、こういう妙《みょう》にするどい所《ところ》もあった。

外《そと》で遊《あそ》んでばかりいるからなのか、生《い》き物《もの》にくわしかったりするんだよね。

だから、他《ほか》の勉強《べんきょう》はできないのに、理科《りか》だけやけに成績《せいせき》がいい時《とき》もある。

……あくまで「いい時《とき》もある」だけど。ふだんは最低点《さいていてん》ばっかりなんだよね、確《たし》か。

さすがの孔雀《くじゃく》くんも思《おも》わず言葉《ことば》につまる――けど。

「そうだね。ふつうのホタルの光《ひかり》は確《たし》かに黄緑色《きみどりいろ》だ。でもね、坂城《さかき》くん。実《じつ》は、ホタルは環境《かんきょう》によって光《ひかり》の色《いろ》が変《か》わるんだよ。もちろん、オレンジ色《いろ》に光《ひか》ることもある」

「えっ!?　そうなのか……知《し》らなかった……」

とっさに孔雀《くじゃく》くんがごまかしてみせる。さすがだ!

でも実《じつ》はこれ、本当《ほんとう》の知識《ちしき》だったりするらしい。

後《あと》で孔雀《くじゃく》くんに聞《き》いたんだけど、前《まえ》に「ホタルの光《ひかり》は一色《いっしょく》だけではない」って話《はなし》を聞《き》いて、自分《じぶん》でいろいろ調《しら》べてみたことがあったんだって。勉強家《べんきょうか》の孔雀《くじゃく》くんらしいよね。

孔雀《くじゃく》くんは勉強《べんきょう》もすごくできるし、本当《ほんとう》にいろんなことを知《し》ってる。

きっと、みんなが孔雀《くじゃく》くんの「ウソ」を信《しん》じてくれるのは、そういうところをよく知《し》ってるからなんだろうね。

「孔雀《くじゃく》くんが言《い》うのなら本当《ほんとう》にちがいない」って、わたしでもなんとなく思《おも》っちゃうもん。

「それでね、坂城《さかき》くん。実《じつ》は一《ひと》つ、たのみがあるんだ。……君《きみ》を男《おとこ》と見《み》こんで！」

「っ⁉　な、なんだなんだ⁉　おう、言《い》ってみろよ！　オレがドーンと聞《き》いてやるよ！」

どうやら、ここが勝負所《しょうぶどころ》みたい。

孔雀《くじゃく》くんは坂城《さかき》くんをおだてて調子《ちょうし》に乗《の》らせながら、一気《いっき》にたたみかけた！

「さっきも言《い》ったけど、ホタルはきれいな水場《みずば》にしかすめないんだ。だから、あの小川《おがわ》にはできるだけ人《ひと》が近寄《ちかよ》らない方《ほう》がいいんだよ。環境《かんきょう》を悪《わる》くしてしまうからね。もちろん、坂城《さかき》くんならわかっていると思《おも》うけど……」

「お、おおっ⁉　も、もちろんだぜ！　これからは小川《おがわ》に入《はい》ったり、用《よう》もないのに近寄《ちかよ》ったりはしないぞ！」

たぶん、「後《あと》でホタルがいるか見《み》に行《い》こう～！」とでも思《おも》ってたんだろうな、坂城《さかき》くん。その証拠《しょうこ》に、孔雀《くじゃく》くんの念押《ねんお》しに少《すこ》しあわててるし。

――それにしても、孔雀《くじゃく》くんも坂城《さかき》くんの性格《せいかく》をよくわかってるんだなぁ。坂城《さかき》くんは「超《ちょう》」がつくほど見栄《みえ》っ張《ぱ》りだから、「男《おとこ》と見《み》こんで」とか「坂城《さかき》くんならわかってると思《おも》うけど」っておだてておけば、すぐ乗《の》ってくるんだろうね。

坂城《さかき》くん、見事《みごと》に孔雀《くじやく》くんの手《て》のひらの上《うえ》で踊《おど》らされてる……

「うん、坂城《さかき》くんが絶対《ぜったい》にそんなことしないのは、わかってる。でも、他《ほか》の人《ひと》はそうじゃない。もし、あの小川《おがわ》にホタルがいることを知《し》ったら……どうなると思《おも》う？」

「えっ？　そりゃあ……ホタルがいるかどうか、見《み》に行《い》く……？」

「うん。たぶん、少《すく》なくない数《かず》の人《ひと》たちが物《もの》めずらしさであの小川《おがわ》に足《あし》を運《はこ》ぶと思《おも》うんだ。そうすると、川《かわ》の水質《すいしつ》は今《いま》よりもだいぶ悪《わる》くなるはずだ。ホタルも全滅《ぜんめつ》してしまう——だからさ、坂城《さかき》くん。この真実《しんじつ》は、僕《ぼく》らだけの秘密《ひみつ》にしないか？」

『僕《ぼく》らだけの秘密《ひみつ》』——どうも、その言葉《ことば》が孔雀《くじやく》くんの「殺《ころ》し文句《もんく》」だったみたい。

坂城《さかき》くんはらしくない真剣《しんけん》な表情《ひようじよう》を浮《う》かべると、

「わかった！　男《おとこ》と男《おとこ》の約束《やくそく》だ！　ぜったいにヒミツにするから！」

って大声《おおごえ》で言《い》いながら、部室《ぶしつ》を元気《げんき》よく飛《と》び出《だ》していっちゃった。

坂城《さかき》くんみたいな男《おとこ》の子《こ》は、「自分《じぶん》たちだけしか知《し》らない秘密《ひみつ》」ってシチュエーションに燃《も》えちゃうみたいだからね。

「……坂城《さかき》のやつ、約束《やくそく》を守《まも》ると思《おも》う？」

「半々《はんはん》ってところかな？　小川《おがわ》には行《い》かないと思《おも》うけど、仲《なか》のいい友《とも》だちとかには『ここだけの話《はなし》だぞ』って、ホタルの話《はなし》をするかもしれない。後《あと》は、その友《とも》だちが小川《おがわ》を荒《あ》らすようなバカ者《もの》じゃないことを願《ねが》うばかりだね」

ひばりちゃんは、あからさまに坂城《さかき》くんのことを信《しん》じてないみたいだね。実《じつ》は、わたしもそう。

でも孔雀《くじゃく》くんは、坂城《さかき》くんのことを少《すこ》しだけ信《しん》じてるみたい。

「ん〜、大丈夫《だいじょうぶ》かな〜？　わたしもちょっと心配《しんぱい》」

「まあ、こちらでできることはかぎられてるからね。後《あと》は見守《みまも》るしかないよ。……でも、そうだね。もう少《すこ》し、こちらでも保険《ほけん》をかけておこうか」

「ほけん？」

「うん。タバコを吸《す》っていた先生《せんせい》たちに、この件《けん》を話《はな》しておくのさ。とりあえず、雑木林《ぞうきばやし》の中《なか》でタバコを吸《す》い続《つづ》けるなら、校庭《こうてい》から見《み》えないようにもう少《すこ》し工夫《くふう》してもらいたいところだしね」

孔雀《くじゃく》くんがまた、ちょっと悪《わる》そうな笑顔《えがお》を浮《う》かべた。

わあ、これはタバコを吸《す》ってた先生《せんせい》たち、孔雀《くじゃく》くんに頭《あたま》が上《あ》がらなくなるパターンかも？

「さて、善《ぜん》は急《いそ》げだ。僕《ぼく》は職員室《しょくいんしつ》に行《い》ってくるから、二人《ふたり》は部室《ぶしつ》で待《ま》ってて？　……今日《きょう》は、一緒《いっしょ》に帰《かえ》ろう」

その後《あと》、孔雀《くじゃく》くんはタバコを吸《す》っていた先生《せんせい》たちをこっそりと集《あつ》め、坂城《さかき》くんに伝《つた》えた「ウソの真相《しんそう》」のことや、雑木林《ぞうきばやし》の中《なか》の光《ひかり》が校庭《こうてい》から丸見《まるみ》えであることを話《はな》したらしい。

先生《せんせい》たちは、すっごくびっくりした上《うえ》に、形《かたち》としては孔雀《くじゃく》くんにタバコの件《けん》をだまってもらったことになったので、彼《かれ》に頭《あたま》が上《あ》がらなくなったのだとか。やっぱりね！

先生《せんせい》たちまで手《て》のひらの上《うえ》で転《ころ》がすなんて……孔雀《くじゃく》くんって、本当《ほんとう》に何者《なにもの》なんだろう？

とにかく、こうして「火《ひ》の玉《たま》」事件《じけん》は一件落着《いちけんらくちゃく》した――と思《おも》ったんだけど、最後《さいご》にとんでもないオチが待《ま》ってた。

坂城《さかき》くんは、わたしとひばりちゃんの予想通《よそうとお》り、仲《なか》のいい友《とも》だちの何人《なんにん》かに「秘密《ひみつ》」をもらしてしまったらしい。

でも、坂城《さかき》くんもその友《とも》だちも、小川《おがわ》を荒《あ》らすようなことはしなかった。そのかわりに、日《ひ》が暮《く》れた校庭《こうてい》に忍《しの》びこんで、ホタルがいるかどうかちょくちょく見《み》に来《く》るようになってしまったんだとか。

その結果《けっか》、何《なに》が起《お》こったかと言《い》うと――

＊＊＊

「この展開《てんかい》は予想外《よそうがい》だわ」

「だねぇ～」

「面目《めんぼく》ない。僕《ぼく》にはまったく見《み》えないのが、また、申《もう》し訳《わけ》ない……」

坂城《さかき》くんに「ウソの真相《しんそう》」を伝《つた》えてから、しばらくたった頃《ころ》。

わたしたちが夜《よる》の雑木林《ぞうきばやし》を訪《おとず》れると、そこには信《しん》じられない光景《こうけい》が広《ひろ》がっていた。

そこかしこにオレンジ色《いろ》の光《ひかり》が舞《ま》っている――ホタルだ！

でも、このホタルはひばりちゃんとわたしにしか視《み》えない。孔雀《くじゃく》くんにはまったく見《み》えなかった。

「まさか、孔雀《くじゃく》のウソがきっかけで妖怪《ようかい》が生《う》まれてしまうだなんてね。予想外《よそうがい》だわ」

そう。ひばりちゃんの言葉通《ことばどお》り、このホタルは妖怪《ようかい》――霊力《れいりょく》のある人間《にんげん》にしか視《み》えない、幻《まぼろし》のような存在《そんざい》らしかった。

どうしてこうなっちゃったのかというと——

坂城《さかき》くんと彼《かれ》からホタルの話《はなし》を聞《き》いた仲間《なかま》たちは、「ホタルが見《み》たいな」と毎晩《まいばん》のように雑《ぞう》木林《きばやし》の前《まえ》に通《かよ》った。

彼《かれ》らにとって、ホタルの存在《そんざい》は「本当《ほんとう》のこと」だ。だから、いつか見《み》られるだろうと何日《なんにち》も何日《なんにち》も通《かよ》い続《つづ》けた。

そんな彼《かれ》らの「ホタルはいる」という想《おも》いが通《つう》じてしまったのか、「妖怪《ようかい》のホタル」が生《う》まれちゃったみたい！

つまり「トイレの花子《はなこ》さん」と同《おな》じ、「本当《ほんとう》はいないもの」ってことだね。

もちろん、大《おお》きなうわさじゃないから、ホタルは「実体《じったい》」を持《も》つほど強力《きょうりょく》にはならない。その姿《すがた》は、ひばりちゃんやわたしのように強《つよ》い「霊力《れいりょく》」を持《も》つ人間《にんげん》にしか視《み》えない。

人《ひと》に害《がい》を及《およ》ぼすほど強《つよ》い妖怪《ようかい》ではないし、ホタルのウワサがおさまっていけば、自然《しぜん》に消《き》えていく、はかない存在《そんざい》。

それがこのホタルだった。

「それにしてもきれいだね～。本物《ほんもの》のホタルじゃないとわかってても、きれいはきれい！」

「まあ、そもそも夜《よる》の校庭《こうてい》に忍《しの》びこむような不良《ふりょう》は少《すく》ないし、この妖怪《ようかい》ホタルがこれ以上《いじょう》強《つよ》くなることはないでしょうね。せっかくだから、今《いま》は楽《たの》しみましょうか？」

「……僕《ぼく》には見《み》えないけどね？」

仲間《なかま》はずれにされて、めずらしく少《すこ》ししょんぼりとする孔雀《くじゃく》くん。

そもそも、夜《よる》の校庭《こうてい》に入《はい》る許可《きょか》を先生《せんせい》たちにもらったのも孔雀《くじゃく》くんだった。それなのに、その自分《じぶん》だけがホタルを見《み》られないことで、ちょっとすねてるらしい。

でも――

「まあ、二人《ふたり》が楽《たの》しんでるみたいだから、別《べつ》にいいさ」

そう言《い》った孔雀《くじゃく》くんの顔《かお》にウソの色《いろ》はなくて、わたしはきっと、それが孔雀《くじゃく》くんの本心《ほんしん》なのだと感《かん》じた。


わたしとひばりちゃんが笑《わら》う。

それを見《み》て、孔雀《くじゃく》くんも静《しず》かに笑《わら》う。

こうして、ミステリー倶楽部《クラブ》二番目《にばんめ》の事件《じけん》は、幕《まく》を閉《と》じた。

エピローグ　そしてまた日常《にちじょう》がはじまる

七月《しちがつ》もなかばをすぎ、いよいよ夏休《なつやす》みが近付《ちかづ》いてきた。

まだ梅雨《つゆ》は明《あ》けてないらしいけど、空模様《そらもよう》は連日《れんじつ》の晴《は》れ。こういうのを「空梅雨《からつゆ》」って言《い》うんだっけ？

気温《きおん》も上《あ》がってきたので、ミステリー倶楽部《クラブ》の部室《ぶしつ》ではついにエアコンの出番《でばん》がやってきた。

エアコンから吐《は》き出《だ》される冷《つめ》たくて乾《かわ》いた風《かぜ》はとても気持《きも》ちよくて、わたしはついつい、全身《ぜんしん》でその風《かぜ》を浴《あ》びてしまっていた。

「すずしい～！　それに、じめじめしてない～！」

「あら、心《こころ》ちゃん。冷房《れいぼう》の風《かぜ》に直接当《ちょくせつあ》たるのは体《からだ》に悪《わる》いわよ」

「は～い」

ひばりちゃんに言《い》われて、エアコンの風《かぜ》が直接当《ちょくせつあ》たらない場所《ばしょ》に移動《いどう》する。

それでも十分《じゅうぶん》すずしいから、問題《もんだい》なし！

クロウさんなんか、すずしすぎるのかエアコンから遠《とお》い窓際《まどぎわ》まで行《い》ってひなたぼっこしてるくらい。

「そういえば、孔雀《くじゃく》くん遅《おそ》いね～？」

今《いま》、部室《ぶしつ》にはわたしとひばりちゃんの二人《ふたり》だけだった。孔雀《くじゃく》くんはクラスの男子《だんし》に捕《つか》まっていたらしく、ひばりちゃんが置《お》いてきてしまったんだという。

しかたないので、わたしとひばりちゃんとで職員室《しょくいんしつ》に部室《ぶしつ》のカギを取《と》りにいって、ついでに教頭先生《きょうとうせんせい》にエアコンの電源《でんげん》を入《い》れてもらった。

教頭先生《きょうとうせんせい》、「熱中症《ねっちゅうしょう》が増《ふ》えているから、エアコンを使《つか》いたい時《とき》は遠慮《えんりょ》なく私《わたし》に言《い》いなさい」って言《い》ってくれたんだよね。う～ん、やさしい！

「孔雀《くじゃく》のやつ、よりにもよって坂城《さかき》たちと話《はな》していたから、時間《じかん》がかかると思《おも》うわ。……でも、そうね。ほら、そろそろ——」

ひばりちゃんがドアの方《ほう》に目《め》を向《む》ける。すると、それを待《ま》ってたかのようにドアが開《あ》いて、孔雀《くじゃく》くんが姿《すがた》を現《あらわ》した。

おお、双子同士《ふたごどうし》のテレパシー？

「やあ、お待《ま》たせ二人《ふたり》とも！　少《すこ》し下調《したしら》べに手間《てま》取《ど》ってしまってね」

孔雀《くじゃく》くんが、いつものさわやかな笑顔《えがお》を浮《う》かべながら部室《ぶしつ》に入《はい》ってくる。

「……下調《したしら》べ？　もしかして、新《あたら》しい依頼《いらい》かしら。私《わたし》たちに相談《そうだん》もなく受《う》けたの？」

「もう、孔雀《くじゃく》くん！　ホウレンソウをサボっちゃダメだよ～！　報告《ほうこく》、連絡《れんらく》、ソウ……ソウ……ソウ……。ええと、なんだっけ～？」

「相談《そうだん》、よ」

「そう、それ～！」

「ごめんごめん。今回《こんかい》の依頼人《いらいにん》も坂城《さかき》くんだったからさ、二人《ふたり》には近寄《ちかよ》らせない方《ほう》がいいかな？　と思《おも》って、教室《きょうしつ》で話《はなし》を聞《き》いてきたんだ」

「あ、それは大正解《だいせいかい》！」

「……むしろ、坂城《さかき》の依頼《いらい》なんて受《う》けない方《ほう》がいいんのではないかしら？」

わたしもひばりちゃんの言葉《ことば》に賛成《さんせい》だった。

この間解決《あいだかいけつ》（？）した「火《ひ》の玉事件《たまじけん》」を思《おも》い出《だ》す。

坂城《さかき》くんはなんでもないことをおおげさに言《い》う子《こ》だから、本物《ほんもの》のお化《ば》けの話《はなし》なんて持《も》ってこないと思《おも》うんだけど。

「あはは、そういうわけにはいかないよ。坂城《さかき》くんの持《も》ってくる情報《じょうほう》は、なかなかあれでバカにできないんだ」

「ええ〜？」

「坂城《さかき》くんは、ウワサを聞《き》くのも広《ひろ》めるのも好《す》きだからね。自然《しぜん》と、校内《こうない》のウワサは彼《かれ》に集《あつ》まってくるんだ」

「どちらかと言《い》うと、なんでもないウワサ話《ばなし》を大《おお》げさにして広《ひろ》めてしまう、のまちがいじゃないのかしら……」

孔雀《くじゃく》くんは坂城《さかき》くんをかばうようなことを言《い》うけど、わたしとひばりちゃんはちょっとうたがっていた。

「まあまあ、まずは話《はなし》を聞《き》いてみてよ。今回《こんかい》の依頼《いらい》はすごいよ？　なんと、日《ひ》が暮《く》れるほんの一瞬《いっしゅん》だけ、大昔《おおむかし》に取《と》り壊《こわ》されたはずの木造《もくぞう》の体育倉庫《たいいくそうこ》が、校庭《こうてい》のすみっこに現《あらわ》れるんだってさ——」

こうして、わたしたち「鎌倉猫ヶ丘小学校《かまくらねこがおかしょうがっこう》ミステリー倶楽部《クラブ》」のあわただしい毎日《まいにち》はすぎていく。

三人《さんにん》と一匹《いっぴき》で、学校《がっこう》の平和《へいわ》を守《まも》るために今日《きょう》もどこかで「学校《がっこう》の怪談《かいだん》」や「七不思議《ななふしぎ》」の謎《なぞ》を追《お》っている。

もし、あなたの身《み》の回《まわ》りで何《なに》かふしぎなことが起《お》こったなら、ミステリー倶楽部《クラブ》へ相談《そうだん》にきてほしい。

――くれぐれも手《て》遅《おく》れになる前《まえ》に、ね。

Afterword

はじめまして！　このお話《はなし》を書《か》いた、澤田慎梧《さわだしんご》と申《もう》します。

心《こころ》ちゃんたち三人《さんにん》と一匹《いっぴき》の活躍《かつやく》は、楽《たの》しんでいただけたでしょうか？　もし、少《すこ》しでもドキドキ、ワクワクしてもらえたのなら嬉《うれ》しいです。

がんばり屋《や》さんの心《こころ》ちゃん。クールそうだけど実《じつ》は優《やさ》しくて、でも怒《おこ》ると怖《こわ》いひばりちゃん。王子《おうじ》さまみたいにキラキラしてて、「名推理《めいすいり》」で怖《こわ》いウワサ話《ばなし》を解決《かいけつ》してくれる孔雀《くじゃく》くん。そして、とっても強《つよ》くて頼《たよ》りになる上《うえ》に、かわいい猫《ねこ》のクロウさん。

お気《き》に入《い》りのキャラクターはいましたか？　もし気《き》に入《い》ったキャラクターがいたなら、応援《おうえん》してあげてくださいね。また、どこかで会《あ》えるかも……？

さて、お話《はなし》の中《なか》でも描《えが》かれたように、ウワサ話《ばなし》というものは、良《よ》くも悪《わる》くも強《つよ》い「力《ちから》」を持《も》つことがあります。

例《たと》えば、Aさんという人《ひと》に、良《よ》いウワサと悪《わる》いウワサの両方《りょうほう》があったとします。良《よ》いウワサだけを聞《き》いた人《ひと》は、Aさんを良《よ》い人《ひと》だと思《おも》うでしょう。逆《ぎゃく》に、悪《わる》いウワサだけを聞《き》けば、悪《わる》い人《ひと》だと思《おも》うでしょう。

――でも、もしどちらのウワサも「真《ま》っ赤《か》なウソ」だったら……？

同《おな》じ「ウソ」なのに、いい人《ひと》だと思《おも》われたり、悪《わる》い人《ひと》だと思《おも》われたりと、全《まった》く逆《ぎゃく》のことが起《お》こる。これがウワサ話《ばなし》の怖《こわ》いところです。


くれぐれも、あやしいウワサ話《ばなし》を鵜《う》呑《の》みにしないようにしましょうね。

ウソが「本当《ほんとう》」になって、「本当《ほんとう》はいないもの」が出《で》てきてしまうかもしれません……


この本《ほん》は、たくさんの人《ひと》たちの協力《きょうりょく》で作《つく》られています。

素敵《すてき》なイラストを描《か》いてくださった、のえる先生《せんせい》。きずな文庫《ぶんこ》編集部《へんしゅうぶ》の皆《みな》さま。いつも応援《おうえん》や励《はげ》ましの言葉《ことば》をかけてくれる作家《さっか》仲間《なかま》や読者《どくしゃ》の皆《みな》さま方《がた》。本当《ほんとう》にありがとうございます。


最後《さいご》に、この本《ほん》を手《て》に取《と》ってくださったアナタに、最大《さいだい》の感謝《かんしゃ》を！

ここまで読《よ》んでくださって、ありがとうございました。

また、どこかでお会《あ》いしましょうね。

澤田慎梧《さわだしんご》

アルファポリスきずな文庫

第《だい》1回《かい》きずな児童書大賞《じどうしょたいしょう》
大賞受賞《たいしょうじゅしょう》の注目作《ちゅうもくさく》!!!!!

中学生《ちゅうがくせい》ウィーチューバーの心霊《しんれい》スポットMAP《マップ》1

作:じゅんれいか　絵:冬木《ふゆき》

心霊現象《しんれいげんしょう》を起《お》こしやすい中学《ちゅうがく》1年生《ねんせい》のアカリ。怖《こわ》がりなのに、ウィーチューバーになりたいおさななじみと、ホラー好《ず》きのクラスメイトに巻《ま》き込《こ》まれて、いっしょにホラースポットをめぐって撮影《さつえい》することに!?　撮影中《さつえいちゅう》は、ゾッとするほど恐《おそ》ろしい事件《じけん》ばかり起《お》きて…!?

アルファポリスきずな文庫

最推《さいお》しアイドルに
推《お》されちゃってます!?

うた×バト1　歌《うた》で紡《つむ》ぐ恋《こい》と友情《ゆうじょう》！
作：緋村燐《ひむらりん》　絵：ももこっこ

とある事情《じじょう》のせいで、みんなの前《まえ》で歌《うた》うのが怖《こわ》くなってしまった流《る》歌《か》。でも、やっぱり歌《うた》うことはやめたくない！　そう思《おも》って、歌《うた》を使ったe《イー》スポーツ、『シング・バトル』ができる学校《がっこう》に入ったら最推《さいお》しアイドルがまさかの隣《となり》の席《せき》!?　反則《はんそく》レベルの学園《がくえん》ラブ、スタート！！！

アルファポリスきずな文庫

澤田慎悟《さわだしんご》／作《さく》

鎌倉市在住。主にWEBで活動し、本作（原題：鎌倉西小学校ミステリー倶楽部）にて「第1回きずな児童書大賞」の「謎解きユニーク探偵賞」を受賞し、単著デビュー。他、アンソロジーへの参加として『5分で読書 5分で解決探偵、あらわる』（KADOKAWA）など。猫とミステリーが大好き。

のえる／絵《え》

漫画関連で色々と活動中。旅行が好き。

本書は、「アルファポリス」（https://www.alphapolis.co.jp/）に掲載されていたものを、改題、改稿、加筆のうえ、書籍化したものです。

鎌倉猫ヶ丘小《かまくらねこがおかしょう》ミステリー倶楽部《クラブ》

作《さく》　澤田慎悟《さわだしんご》

絵《え》　のえる

2024年 9月 15日 初版発行

編集　徳井文香・森 順子

編集長　倉持真理

発行者　梶本雄介

発行所　株式会社アルファポリス
〒150-6019 東京都渋谷区恵比寿4-20-3 恵比寿ガーデンプレイスタワー 19F
TEL 03-6277-1601（営業） 03-6277-1602（編集）
URL https://www.alphapolis.co.jp/

発売元　株式会社星雲社（共同出版社・流通責任出版社）
〒112-0005 東京都文京区水道1-3-30
TEL 03-3868-3275

デザイン　川内すみれ（hive&co.,ltd.）
（レーベルフォーマットデザイン―アチワデザイン室）

印刷　中央精版印刷株式会社

ISBN978-4-434-34471-8 C8293

ファンレターのあて先

〒150-6019 東京都渋谷区恵比寿4-20-3 恵比寿ガーデンプレイスタワー 19F
（株）アルファポリス　書籍編集部気付

澤田慎悟先生

いただいたお便りは編集部から先生におわたしいたします。